U0613411

樂 府

.

心里满了，就从口中溢出

小辫儿 黄菊 著

PASS BY

SPM
南方传媒 广东人民出版社
·广州·

序

小辫儿，本名金鑫，1972 年出生于辽宁鞍山。

1998—2006 年，先后骑行七条进出藏路线：青藏线（109 国道）、川藏南线（318 国道）、川藏北线（317 国道）、滇藏线（214 国道）、新藏线（219 国道）、尼泊尔线（拉萨—加德满都）、青藏线·唐蕃古道等。

1999 年，在北京南锣鼓巷创办"过客"酒吧，是南锣鼓巷第一家酒吧。其中，1999—2001 年在南锣鼓巷 97 号，是一间不到 40 平方米的平房，即"老过客"。2001—2017 年搬至南锣鼓巷 108 号，是一个占地 400 平方米的完整四合院，即"新过客"。

2013 年，创办"牛啤堂"，开启中国精酿啤酒之旅。

2023 年 2 月，小辫儿从北京飞来成都，想让我把他夫人海雁十几年前写的"过客"往事整理成书。看完稿子，我婉拒了。那些往事对"过客"很重要，但仅限于"过客"。

3 月，他发来信息，"要不我们从头聊起？海雁这几年身体不大好，她一直想把'过客'的故事整理成书，我想帮她实现这个愿望。"没有思考，没有停留，看到这条信息的第一瞬间，我答应了。那些往事不再只是"过客"的，是海雁对过客的情意，也是小辫儿对海雁的情意。

两天后，他再次从北京飞来成都，拎着 48 瓶牛啤堂的啤酒，在我家书桌前，他喝酒，我喝茶，聊了五天。

那五天，他像上班族一样。早上八点，我的孩子上学后，他背着包来我家，聊到下午五点，一起去接孩子放学、吃饭。然后，他回酒店处理工作，我回家安顿孩子。晚上九点，孩子睡觉后，他再背着包来家里继续，一直到深夜。第六天，孩子写日记：小辫儿叔叔今天走了，睡觉有点困难，因为前几天都是在他那可以冲破天花板的笑声中睡着的。

在每个阶段，小辫儿都创造了某种"传奇"。但"传奇"既不是他的初衷，也不是他的目的。他享受不停跋涉本身，从不回望来时路，没时间，也没兴趣。他活着，只活在此刻。这是他过去五十年里，第一次坐下来追忆逝水年华。这逝水年华里，当然有海雁，但更根本的，是一个内心永远年轻的人追求自由、创造自由、享受自由的生命之旅。骑车、开酒吧、做精酿啤酒，都是为了奔赴这趟自由之旅——在一个充满禁忌的世界里，他横冲直闯，一切全由着性子来。

这本书，是那五天的实录，是一个屠龙的少年，五十年如一日的自由挥斩。

黄菊

目录

上篇·在路上　第一章　在东北 | 003

第二章　去云南 | 025

第三章　我姥姥 | 043

第四章　远飞鸟 | 063

第五章　成人礼 | 083

中篇·过客　第六章　嬉皮士的"邪恶轴心" | 143

第七章　海雁的日记 | 177

下篇·牛啤堂　第八章　世界啤酒之旅 | 227

第九章　牛啤堂横空出世 | 249

第十章　帝都海盐 | 265

第十一章　一无所求 | 275

注释 | 285

附录1: 小辫儿进藏骑行线路 | 290

附录2: 牛啤堂获奖经历 | 291

后记 | 297

上篇 · 在路上

第一章

在东北

1

黄菊（以下简称"黄"）：某种意义上，这本书是因为海雁才有的，要不我们先聊聊海雁？

小辫儿（以下简称"辫"）：一切由你来定，你想问什么，想了解什么，随便问。

黄：你和海雁是怎么开始的？

辫：我跟海雁认识时，也没什么征兆，就像一个……

黄：你之前谈恋爱多吗？

辫：不多，高中谈过一次，那是我的初恋。现在想起来我都觉得她很好看，她是我们学校的校花，大马尾辫，有的时候还烫发，一根很蓬松的辫子搭在后面。我念的是职高，里面分专业，我是装潢美术专业，也有土木工程、电焊，都是针对性很强的专业。当时班上二十多人，每个人的个性都极其鲜明。我要是一个普通学生，可能也不会有老师阻止，但到高二时，我马上就要做学生会主席了……

黄：从小就有这方面的才华，组织能力。

辫：我是特别能张罗事儿。高一的时候，大家已经开学几天，座位也分好了，我因为出去玩儿，回来报到晚了，前几天老师点名都不在，我是忽然间冒出来的。结果，报到没几天，老师说，你做我们班的团支部书记吧。后来学校的老师也找我，黑板报由我写，报纸的板书让我做，那时做报纸，我们都用铁笔在蜡纸上刻，刻完之后用油滚，完全手写。反正所有事情，我都义无反顾地接下来了，弄来弄去，最后成了学生会主席。而且从高一下学期开始，全校的文艺会演都是我主持，上去之后就拿着麦克风吧啦吧啦说。

黄："说话"方面，是从小就有这方面的天分？

辩：我觉得跟高中的语文老师有关系，她办了一个演讲学习班。我的班主任和语文老师一直跟我讲，"希望你能跟我们一起，我们培养你"。后来参加了全校、全区的演讲比赛，最后到市里、省里，经常拿第一，演讲的获奖证书一摞一摞的。所以，就初恋这个事，我要是普通学生的话，可能老师根本不会管，但后来因为……

黄：储备人才，不能被恋爱耽搁了。

辩：对，再加上我那个女朋友又是另一种状态，差一点就发展成了学校的"女痞子"，她经常旷课，学习特别差，画画也差，不知道为什么跑到这个班来了，她的作业经常是我给她改。但高中三年，尤其前半段，我们过得挺幸福的。

黄：你一进去就跟她好了？

辩：第一年没过多久就在一起了，高二的大部分时间也在一起。现在看好多"小朋友"的初恋，基本上所有行为我都有过。比如中午吃饭那会儿，她要坐电车回家，我把她送上车后，电车开走，我就开始骑着自行车追。最后发展到，电车每抵达一个站，我都能通过穿小路、走捷径，精准地和电车同时抵达，甚至提早到。我们会用中午很短的时间约会，反正每一小点时间，我们都在约会。

黄：之前采访一位音乐家，优雅得不得了，但听他讲小时候的故事，完全不像同一人。他小学时喜欢一个女生，每天早上上学，先到她家楼下，仰望女生的窗户半小时，希望她的影子能出现，希望她的声音能传出，晚上放学回家，又去那扇窗户下守着，自己都不知道为什么那样做。

辩：我也是，每天晚间都骑到她家楼下，哪怕离很远，能看着影子也很满足。大部分时间，我们都在她家那栋楼周围走来走去，去很多小胡同，一起走走路、聊聊天，那时同学们都挺羡慕我的。更重要的是，我没耽误，专业课和文化课成绩都是最好的，所有学科成绩都是 90 分以上。

黄：一般而言，不是因为成绩差才去上职高吗？
辩：但我在职高就是很好啊，回回考试都排名第一。

黄：在一个被"抛弃"的地方，找到了自己的位置。

辫：对。然后老师就干涉了。

黄：父母没有干涉吗？

辫：没有。我父亲去世得早，大概在动动（小辫儿儿子，此时八九岁）这个年龄，我还不是特别懂事的时候，父亲就去世了，姥姥和妈妈一直带着我和姐姐。小时候对父爱肯定是没什么感觉的，现在唯一记住的，反倒是一次暴打。我们家有个邻居，小虎，和我从小学到初中都在一个学校，一个年级。他有两个哥哥，我姐姐肯定不可能跟我们一起疯玩，我都是跟他哥仨在一起。特别小的时候，爸爸还在，我跟小虎跑丢过一次。那次玩得特别高兴，在一个大桥边从早晨一直玩到天快黑了，忽然，邻居的杨阿姨出现了，"你们两个怎么跑这儿来了？全楼的人找了你们一天"，就把俩小孩逮回去了。那天我爸正好从医院回来——这里有一个特殊情况，小时候有很长一段时间，我都见不到我爸，因为他住在精神病院，精神病院会定期派看护把他送回家里。

　　我父亲这个病，直到现在家里人都不提，尤其是知情的，像我妈妈，从来不说，这也是我的一个心结。我父亲画画，也做雕塑，在鞍山市群众艺术馆工作。画画的人，经常画着画着就会往后退，我也是，这是一个习惯性动作，当一幅画足够大的时候，画几笔就要退后几步看，这时你才能宏观把控整个布局，不然它会变形。妈妈说，你爸爸画毛主席像时，一边画一边往后退着看，有一次往后退时，从架子上摔下来了，一摔，精神就不正常了。但是说实话……

黄：你不相信？

辫：对啊，肯定不信嘛。这是外伤，我觉得外伤跟精神不太有必然联系吧？所以直到现在，我都不知道他到底是什么导致的，所有亲戚都不说。

黄：你妈妈呢，她现在怎么样？

辫：现在在我家。因为年轻时发生这样的事，加上我们也小，我总感觉她受的刺激不小，所以她选择了回避。

黄：你妈妈有 80 岁了吗？

辫：已经过了 80。

黄：所以你在职高的时候，反而是老师们像父母一样挂念你的未来。

辫：对，高中的老师对我的关心特别多。初中人太多了，一个班六七十人，老师招呼不过来。高中一个班才二十多人，大家相对来说也比较成熟，老师肯定像老母鸡护孩子一样地保护大家。

黄：所以那时大家羡慕你，一方面有很好的女朋友，一方面又很优秀。

辫：对。

黄：你自己是不是也挺有优越感、幸福感？

辩：对，尤其是，好像根本就没怎么用劲（大笑）。

黄：毫不费力就考了第一名。

辩：对，比如画画，好多人真的没有空间感，但我有，所以那门课我经常是 99.5 分，马上就要满分了。再比如政治课，是我班主任的课，她又比较关心我。语文老师，我上她的演讲班、写作班，语文老师又好⋯⋯反正就像你说的，特别幸福。

2

黄：所以后来你在优等生的路上渐行渐远，女朋友在变成"女痞子"的路上渐行渐远？

辩：差不多，后来老师介入，尤其是班主任介入，专门去她家里，晓之以理，动之以情。高三的时候，基本上是强硬地把我们分开了，那时颇痛苦了一段时间。但是当学生会主席，各种事务很忙，转移了一部分痛苦，后来就毕业了，毕业之后就工作。我有一点儿像接班，当时叫"老传少"，如果你爸爸妈妈在某个单位，你是可以接替父母的，我就这样到了电影院。

黄：你妈妈在电影院？

辩：对，我小学的时候父亲就去世了。去电影院做什么呢？画广告牌。那时电影院每周都有好几部电影上映，每部电影都需要美工用画笔把海报画在几米长的广告牌上，需要先打草稿，还有能力的话，就把它变成彩色，再放到大的板子上。

画那种画特别需要体力，挥舞的笔非常宽，尤其刷底色的时候，板刷笔特别宽。更烦琐的是，需要先把原来墙上的画撕掉，再把纸裱上去。我高中不是学装潢设计嘛，其中一项就是裱壁纸。我刚才看你们家的壁纸，站在两米之外能看到接缝，这肯定不是四级工贴的，四级工是站在一米之内就看不到接缝。我和我的搭档都拿到了四级证书，其他同学基本上拿二级或三级。

那时候的壁纸不像现在，怎么贴呢？先把壁纸泡在水里，把纸浸透，然后才刷那种大的 801 胶水，跟糨糊一样。把胶水完全贴平之后，需要用乳胶把两边的缝全部接起来。再用很大很长的尺子，从上至下把壁纸直直地切开。两张壁纸之间是重叠的，还得把上面那层揭开，把底下那层拉断，然后再接起来。这时候，缝和缝是完全接在一起的，我贴得非常好。

黄：这个活儿既要很宏观，又要非常细微。

辩：对，每个步骤都不能偷懒。很多人讲，泡纸的时候，泡一泡就差不多，但其实不是，纸基不泡透的话，会影响粘贴，因为收缩不平均，后面所有环节都会有影响。

黄：生活中这些都是非常重要的细节，但大家不看重。

辫：对，好多细节。海雁经常跟我说，今天例会你别去了，你一去大家就紧张。我永远都是指出问题，我要一指出问题，大家肯定哑口无言，因为就是问题啊。

电影院有个师傅，直到现在我都特别佩服他，虽然后来周围那些人诋毁他，但他教给我很多，一方面是绘画方面的技巧，一方面是为人处世。我刚步入社会时，和他天天在一起。

黄：言传身教。

辫：对，他经常跟我讲，画广告牌的时候，千万不能忽略之前糊纸的环节，纸不平，会极大地影响你的发挥。当整个画布展得平平的时候，心情一下子就很好，那时笔触到纸的感觉，和这里一个泡、那里又翘边了，完全不是一个境界。他裱小画布和大画布的时候，那种对基础工作的认真，真是令人佩服。

高中毕业后那三年，我基本上跟着这个师傅。其实是一年半的时间，另外一年半我就调到了电影公司宣传科，不再画广告牌，而是管这些画广告牌的人。那个时候可以说是一个时代的剧变，当我调到电影公司的时候，就是中国手绘电影海报终结的时候，像中国电影公司这样的大公司，已经给你分发印刷的海报，就是这个行业不需要画海报了，只需要一个把海报糊上去的人就行。我手下那些电影院，大部分美工都走了，辞职去干别的。那时的电影公司和电影院，叫事业单位企业管理，还算公务员呢，就是你有一个铁饭碗。直到现在，我们电影公司的同事都不太理解我，我在 45 岁时把工作辞了，并且还交了一笔钱切断这个关系。北京有一些特别奇怪的政策，有些情况下，如果你要落户北京，首先必须过 45 岁；必须结婚十年；还有一项，你必须是无业游民，得有失业证，所以我得把原来的工作关系彻底断掉，给他们交一笔钱，让他们给我开一个无业证明。我回去办这件事的时候，所有同事都不理解，你还要交给公司钱，还要切断关系，为什么？

3

黄：你那个时候是怎么面对这种转型的？手绘海报没有了。
辩：我并不特别关注这件事，因为我有更重要的任务，考美术学院。

黄：这个念头是从何而起？你的手艺在当时那个小世界已然被认可了。
辩：考美术学院是我打小就被灌输的一个遥远目标。小时候就有人说，你喜欢画画，应该去考美术学院。还有一个，由于"文革"，我爸爸没机会考美院，后来开放了，但对他来说已经晚了。上高中的时候，我同时一直在画班画画，就是我父亲上班的地方，群众艺术馆。我的老师是我爸爸的同事，他恰好是鲁迅美术学院版画系毕业的，张永新老师，我心中特别敬佩，亦师亦父的一个人。他偶尔会提起我爸爸，但这个老师特别不善言谈，你说五十句，他未必回你一句。

黄：但是画得好？

辩：对，画得非常好，为人也好，但不是那种特别能说、能做事务性工作的人，特别闷。现在回忆起来，以前每年过年都要去他家看看他和师娘，聊聊天，但你坐在那里，他不说话。我们年纪小，阅历又少，怎么能勾起他说话的意愿？现在想想都太尴尬了，但是他特别让人敬重，所有课都一丝不苟。

画班画了很多年，可以说是一茬一茬的。所谓"一茬一茬"是什么意思呢？按常理说，我高中毕业就应该去考美术学院，但我工作了三年。那时，我们这些社会青年也可以考大学，今年考不上没关系，有补习班，明年、后年还有机会。但后来出了"会考"的政策，只有应届生可以考大学，社会青年就不能考了。我考了三年，正好在会考前一年考上。现在想想真是太可怕了，我可烦上补习班了，很多人一看就年龄很大了，还在那儿补习。年复一年考的这些人，大部分都是考艺术类的，挺痛苦的。

高三后半段的时候，有天晚上画素描，我忽然获得了灵光闪现的一刻。真的，老师可能会说，这是你不断努力的结果，但对我来说不是，就在那个晚上，像上帝突然眷顾了我一下，我忽然就知道，哦，原来素描是这样的。

老师告诉我，画素描要"掐两头带中间"，原来根本不懂。他老说结构、结构，什么叫结构？不知道。所有老师都告诉你，画画的时候，不要光画，尤其是不要光画光线，画之前，要过去用手摸。所以那时，石膏像一度都被我们摸得黑不溜秋的。你想啊，手上全是铅笔粉，所有画像都去摸。但就在那个晚上，感觉我一下子摸到了。啊，原来结构是这样表现的！老师说"掐两头带中间"，他说的是结构的转换。让你摸，其实是让你摸背后的东西。你想，素描再怎么画都是平面的，但如果你用线条的轻重缓急把背后的走向表现出来，这就是结构，特别简单，一下子豁然开朗。所谓结构，就是在平面上呈现一个立体世界。

黄：你是画素描，同时又做雕像？

辩：不是，一直都画素描，但画室里有很多雕像。当时那几个雕像，《大卫》《维纳斯》《伏尔泰》《荷马》《美第奇》，都画了几十遍。

那一刻我意识到，画雕像，应该完全抛弃光线。我们画班都是打着几个光源画画，很多人画画，都是在画光线，不是画结构，结构就是实体。后来我就不画光线了，我画实体，甚至有些线条可以带出肌肉从后面转过来的脉络和走向。我也不挑大家都挑的所谓"好位置"去画——很多人都是挑一个好看的角度，就是和书上一模一样的角度，那就很难跳脱出来。我经常画后脑勺，但我画得最好，老师经常把我的画拿出来作为范例讲。

你可以想象我们画画的场景：光线从前面打过来，一堆人围在前面画，后面黑不溜秋的，啥都没有，我就在后脑勺这里，一来清静，二来，我发现逆光的时候，反倒是很大的挑战。这给我很大的启示，你需要在别人趋之若鹜的时候，从另外的角度去观察事物，找到内心的体会，然后把它表现出来。

黄：你好像经常引领某种潮流，但你又独辟蹊径。
辩：引领潮流？

黄：因为那不是你的本意嘛。
辩：肯定不是我的本意。

黄：就是由着你的性子来。
辩：对，不管长途骑车去西藏，还是后来做啤酒，都是由着我的性子来。我当时并不失落，一个是要考鲁迅美术学院；一个是，对画大广告牌还是有一点怀疑，感觉没什么未来，就那几个电影院。后来印刷的海报已经设计完了，不需要你干任何事，只需要糊壁纸就好。但早期给你发剧照的时候，你需要根据它的光线、动作、构图，摘取一部分内容，最后纯画出来一张海报，自己再设计文字。这个过程其实挺痛苦的，大多数剧照，尤其国内的片子，光线一塌糊涂，完全挑不起你再创造的欲望，有些演员也特别不好画，比如巩俐。

黄：为什么？

辫：巩俐颧骨高，脸平，单眼皮，再加上没光线，完了，没法画了。当时正好赶上《菊豆》《秋菊打官司》这些电影，全是巩俐。你要把她变成大头像，就更难了，脸平嘛。《大决战》里，古月饰演毛泽东，哎呀，像这种伟人，哪一个小细节稍微画得不合适，电影院领导马上就会说，你这毛主席画得不像！本来就觉得这个东西没啥未来，再加上也在考学，正好最后那年考上了，真的心花怒放，到处玩儿。

黄：你女朋友高三的时候就消失了？
辫：对。

黄：工作的三年期间也跟你没联系？
辫：从来没有过。

黄：小地方应该很容易见面的，而且你在电影院，总要去看电影的。
辫：没有见过，辗转听高中同学说过，但我们就从未见过。

4

黄：鲁迅美术学院在哪里？

辩：在沈阳。但我们是鲁迅美术学院的一个分院，学校分为一部和二部，一部在市区，二部在郊区。我在二部，是一个新校区，我前一届是新校区的第一届。二部办了四五届，这个校区就撤了，但当时的班级可不少，一个系应该是八九个画班，一个画室一个画室的。

黄：你上的什么专业？

辩：油画系。在美术学院这四年，尤其是前三年，我延续了高中时的优秀：第一年，我拿了全年级唯一的一等奖学金，奖金是2400块钱；第二年，我一个同学，女孩子，现在上海，画画非常好，她和我两个人并列拿一等奖学金。一等奖学金是什么概念？就是你的专业课和文化课成绩全部都得在90分以上。

黄：也是很轻松就拿到了？

辩：不是特别轻松，哪个不轻松呢？日语。上大学有两种语言选择，日语和英语。我本来英语就不会，与其这样，不如学日语，至少从头学，大家起跑线一致。说实话，学得很痛苦，但还有高中时那个劲儿。

到大三的时候，发生了一次意外。我们一个寝室六个人，我跟其中两人有一天在画室里画画。每个画室十个人左右，男女差不多比例，五男五女。同寝室那两人，一个内蒙古的，一个辽宁锦州的，我和他们俩打了一次架，我打他们俩，等于我是一对二，结果打得其中一个人的手缝了14针。

他们俩过来打架的时候，我正在做泥塑，还特别满意，结果打架的时候把泥塑弄倒了，那个泥都是软的嘛。这一弄，变成一坨泥，你就得重新做。打架的原因是什么呢？其实是积怨已久，锦州的这个小兄弟在寝室排行老六，老在室内吸烟，在屋子里吸烟，在画室里也吸烟，我是特别讨厌吸烟的。

黄：我看你今天中午和朋友吃饭时也忍着。

辩：对啊，我观察了一下，那里至少空间还比较大。我经常跟他说："老六，要吸烟的话，你到门口去吸，或者门打开的时候吸。如果身边有人，你问他一下，如果他反感或者不希望你在旁边吸烟，你应该尊重他。"在喝酒和吸烟之间，我为什么选喝酒呢？特别简单，喝酒是"自杀"，但吸烟是"杀人"。我喝酒，酒没喝到你肚子里，但你吸烟，烟就吸到我肚子里了，那你是不是应该尊重我？这是一个人的基本权利吧？

黄：谁也讲不过你。

辩：喝酒，咱们大家猛喝，你喝多少瓶我也不劝你，我从来不劝人喝酒，我自己就喜欢喝嘛。

黄：你什么时候开始喝酒的？

辫：很小就喝了，大概初中的时候，男男女女几个同学跑到外面去玩儿，类似露营，经常买几瓶啤酒在那儿喝。

黄：你不喜欢抽烟，最根本的原因是什么？你抽过烟吗？

辫：没抽过。我跟海雁有过一次吵架，"过客"刚成立的时候，她要跟我明确，我们的关系不是男女朋友，而是生意合作伙伴，那天晚间我还象征性地嘬了几口，但实在抽不下去，不喜欢。再加上我这方面有洁癖，我坚持认为，如果你吸烟，我也被迫吸了，那你就应该尊重我，我说无所谓那你就吸，我说不能那就不能。

那天晚间老六在画室里吸烟，内蒙古的小兄弟排行老二，和老六关系很好，就跟"闺密"似的。我跟老六直到现在都没联系，老二可不同，毕业时我们两个就摒弃前嫌了。他走的时候，是我跟另外寝室一个叫隋兵的，帮他拿着各种行李、被子，把他送到火车站的。

黄：那天晚上跟他们打起来了？

辫：对，打起来之后把雕塑弄坏了，我的画板也碰到地上，画板的边儿全磕破了。画板其实是两层薄薄的五合板，中间是空的，一旦边儿掉了，那个边缘就很锋利。我当时也打得一塌糊涂，这边飞酒瓶子，那边又怎样，反正我就直接抱着那个画板扔过去，结果正好砸到了老二的手，一下子划出一个大口子，流了好多血。我们所有人，连夜把老二送到医院去，最后缝了十几针。

黄：你当时吓坏了吗？

辩：对啊，我从没打过架，真的，小学的时候经常受人欺负，高中也没啥欺负不欺负，大家都是大孩子了。结果到大三，都快毕业了，打那么一架。我忘了当时紧张到什么程度，反正我到系里每个老师家里都拜访了一遍，紧张啊，后来给了一个处分，类似留校察看。当时怕开除，一开除，毕业证就没了，那时对毕业证还是挺看重的，家里直到现在都不知道。

黄：哪来的钱呢？去医院要花不少钱。

辩：花多少钱已经记不得了，我第三年也是一等奖学金，但因为这个事情，直接降到三等奖学金，800块钱。因为连续两年拿了一等奖学金，就无所谓了。

　　我们辅导员，相当于班主任，他管这个系的九个画室，是一个小年轻，上海哪个大学毕业的小帅哥，黑黑的，特别瘦，非常帅。大一的时候他就跟我讲，能不能担任班长，跟我一起管理班级。但我婉言谢绝了，那时我已经对这些东西完全不 care（在乎），甚至于有点反感了。

黄：怎么发生的呢？以前是个那么积极上进的学生会主席。

辩：我觉得跟工作那三年有关系，慢慢追求散漫的生活，我就想轻轻松松的，画个画，游山玩水。现在我更是坚定（要过）这样的生活，希望我是自由的，没什么管束。打架这件事，这是我人生中第一次，也是最后一次。

黄：我以为你经常打架呢。
辩：没有。再没打过架，那之前也没有过。

黄：你竟然还是一个乖孩子，这是人生唯一一个"污点"？
辩：对。说到这儿，我必须还得说一件事，这也是污点，但是我没有打人，他也没有打我，是谁呢？系主任。依然是在那个做雕塑的画室里，画室在二楼，有一次跟系主任产生了争执，他直接把我的画架从二楼窗口扔出去了。

那你知道为啥吗？大三的时候，我已经特别讨厌"架上绘画"了，我经常去的一个地方，是从我们学校骑自行车，大概二十分钟车程外的一个垃圾场，是全沈阳最大的垃圾回收场，所有废铜烂铁全部集中在那里。我每天最快乐的时候就是黄昏，骑着自行车到垃圾场去。一到垃圾场我就如鱼得水，那些废铜烂铁给我特别大的震撼。大的东西没办法搬过来，也花不起那个钱。当时发现很多小东西，按东北土话讲，叫"铁㞎㞎"，或者"铁屎"，就是废的钢水、铁水，热的时候是液体，流到外面后，粘得到处都是，把石头和土裹在里面。它又不是铁，里面杂质太多，没法回收，但它裹成各种无法想象的奇形怪状物，我当时特别喜欢。

它是什么颜色呢？灰色。但灰色里，有个别地方泛着五彩的光亮，有点像油星掉到一瓶黑墨水里，上面泛起来一片五彩斑斓的东西，很漂亮。最重要的是，这些东西不要钱，你拿多少都无所谓，但我要付钱买一些别的东西。

黄：顺带拿那个免费的？

辩：对。整个垃圾场就是我的宝藏之地，我经常把那些东西一坨一坨地搬到画室去。在艺术类的大学里，大家都很有个性，但我是他们中更另类的，因为我挺封闭。我选了画室里一个角落，用一些桌椅给自己封闭出一个空间。别的同学不是那样，他们画画的地方，就跟办公室里一张张办公桌一样，老师和同学都是溜溜达达就过来看你的作品。我不去别人的桌子上看，也讨厌别人到我的桌子上来看，我不知道这个心理你能不能感同身受？

黄：你有了一个自己的世界。

辩：对，尤其创作的时候，特别讨厌别人过来。给你示意一下，比如这是我的画桌，我会再找另外一张桌子把这部分封起来，前面有两个画板立起来，再用画布或雕塑挡住，只留很小的一个进出口。甚至我还在里面做饭，因为是一个八角形的位置，空间足够。我所有的作品，尤其是后来用垃圾做的作品，全部挂在墙上，它形成了一个小的展览，但那个展览很破，全是垃圾拼的。后来东西越来越多，对其他人来讲，意味着垃圾越来越多。当年的系主任，一个老头儿，长长的胡子，中央工艺美术学院（现清华大学美术学院）毕业的，他好多观点我特别不认同，但又没办法发作，毕竟是你的系主任嘛，就消极反抗。学校规定不允许私搭乱建，包括寝室也不允许，但寝室里我的床上就有一辆破自行车——

黄：什么？

辩：一辆没有轮子的破自行车。

黄：床上？

辩：对，我睡觉的床上挂着那么一个玩意儿，学校三令五申、过来查看，我也不在乎。寝室都是高低床嘛，我睡上床，经常在床上搭很多特别舒服的小平台，比如这是我的床，上边还有一个书架，这边挂着一辆破自行车，这边有个小台灯，晚上把帘子一拉，我就在这边写东西、画东西。画室也一样，相对比较独立和封闭。

学校特别反对这件事，尤其系主任，寝室他不去，但画室他去，每次到画室都批评我："金鑫，你把那个什么拆了、扔了，什么东西你都挂！"我说这是我的作品啊，我自己的作品不能堂而皇之地挂在我的画室吗？后来在画室那次，我们的矛盾白热化了，他强令我把墙上的东西都撤掉、扔掉，并且要我把这个封闭空间打开，我当时就不干了。老头子的胡子都气得立起来了，把我的画板直接从二楼扔出去了。

第
二
章

去云南

——乞讨式旅行的第一次演习

1

黄：毕业之后就直接来北京了吗？

辫：来北京前有个插曲。我人生中最重要的一次旅行，是我大学的毕业考察。我们美院的毕业考察是这样的：学校给你一笔补助，比如 6000 块钱，你去哪儿，花多少钱，随便你。很多同学都选择哪儿呢？去江南，去——

黄：古镇。

辫：对，那几个很有名的古镇。

黄：乌镇、周庄、同里、西塘、甪直、南浔，那时这些地方很热门。

辫：对，一大票一大票的同学都去那儿，我不去，我要去云南、四川的少数民族地区。结果，他们所有人都结伴去了江南，我自己孤零零一个人出发去了云南。

先到昆明，然后马不停蹄地去了芒市和瑞丽。为啥去瑞丽呢？我不知道从哪里获得的信息，说瑞丽有很多木雕、面具什么的，我特别喜欢。瑞丽还是中缅边境，特别刺激。

你要知道，我有一个很好的后盾，因为我在电影公司工作过，中国电影公司是特别庞大的毛细血管式的机构，甚至有的村都有电影放映员。当你跟他说，你是鞍山电影公司的，在电影院也干过，那种受欢迎的程度是完全不一样的，上上下下，全都拿你当铁哥们儿。

黄：一个系统。

辫：对，这叫"一个系统"。到了当地，一般先去电影公司报到，那时很多电影公司是有电影招待所的，尤其偏远地区，电影放映员到处播放流动电影，他扛着大设备，需要去电影招待所休息。又便宜，又是一个系统，有些还不要钱。在那些地方，别人一看你从远方来，马上就"来来来，晚上一起吃饭喝酒"。你提啥要求，人家都尽量满足你。这多好啊，没理由拒绝啊。

到了瑞丽，我也去了当地的电影公司，是一个小院子，那个经理可热情了，说："你就住我们这里，我们招待所经常有各种各样往来的人，昆明总公司下来的都住我这里，何况你还那么大老远过来。"

住下后，给我配了辆大的二八自行车，很破旧，丁零咣当乱响。他说这辆自行车在我们院里好久了，就给你骑吧，爱骑到哪骑到哪去。我就每天骑着这辆自行车到处乱跑，有一次，骑出市区的时候，发现一群小和尚也骑着车，就像现在泰国清迈那些和尚一样，穿的僧袍也是赭石色的，我骑过去，那时我梳着长长的大辫子……

黄：你的辫子什么时候留的？

辫：我在电影院的时候就是披肩发，一直留着，到了大学，是我们全院头发最长的，长到什么程度——

黄：长发及腰？
辫：何止及腰，都过屁股了。

黄：梳个辫子？
辫：梳一个马尾辫。

黄：怪不得系主任看你不顺眼。
辫：因为我头发比较软，发质好，前面是大背头，跟周润发亮亮的大背头一样，中间有一缕，后边是特别长的大辫子。在路上骑车的时候，回头率肯定没的说，即使在少数民族地区也是。

几个小和尚从我旁边骑车过去，边骑边回头，冲我挤鬼脸，我就跟着他们骑。小孩儿骑得可快了，大家嘻嘻哈哈，打打闹闹，骑着骑着就骑到边境去了。当地人说："看到没有，这就是我家，我家在国境线上，你看这条小河，河中间就是国境线，过了这条河就是缅甸。"

当时我完全没有探险的感觉，就感觉很愉快，阳光明媚，一路上碰到景颇族、傣族，只要你在路口停留下来，稍微表示一点好奇，他马上就"来来来，进来进来"，家里的老人给你弄柠檬水、波罗蜜肉，各种水果拿给你吃，感觉太好了。我甚至都想，干脆在当地生活算了。

那时候我骑自行车是什么状态？就一个小腰包，啥都没有，几次骑下来，胆子就大了。后来就从瑞丽跑到丽江去了，丽江1996年是不是有一场大地震？

黄：对，1996年，7级。

辨：那我就没记错。我又去住电影公司，电影公司的人跟我形容，因为地震，好多新房子倒掉了，但老房子大部分都没倒。

对丽江印象特别深，古城的四方街早上是卖菜的早市，晚上纳西族的老奶奶在那里跳舞，根本没啥游客，有一些backpackers，国外的背包客，真是纯背包客，脏脏的。

黄：那时候都背一个高过头的登山包。

辨：八九十升那种大包，里边是他所有家当，走遍全世界，浑身脏兮兮的，多酷的一件事！从那个时候开始，背包客这种萌芽，就是流浪的情结，在我心里被点燃了。看着他们可羡慕了，但是国内没有那种包，不知道在哪儿买，也不知道多少钱。

在丽江还发生了一件挺好玩的事，我差点交了一个彝族女朋友，舞蹈学院舞蹈系毕业的，也很漂亮。不知道为什么，她也住在电影公司的院子里，孤身一人。电影公司的小伙伴介绍我们认识，说她对丽江很熟："要不让她带着你转转吧？"

后来这个女孩带我去了白沙古镇，白沙有一个神医，和世秀，白胡子老爷爷。那次我也见到了纳西族音乐家宣科，现在相册里还有我、宣科和这个女孩的合影。一来二去，感觉特别好，后来还有信件往来，那时还想，是不是可以搬到云南来生活？但后来很长时间没再去云南，这个关系就断了。但那段时间确实特别好，因为有了她，会到很多很偏的地方，比如白沙。那时白沙还是土路，和世秀家门口也是一条土路，他就坐在门口，哇，只坐了一小会儿，世界各地的背包客就拿着旅行指南来找他，有看病的，有专门来打卡的，一问，意大利来的，葡萄牙来的，美国来的……就是一个小联合国。这件事对我触动特别大，你想，在一个小山村里，一个穿着白大褂的老爷爷，一个破土坯房，身边云集着世界各地的旅行者。他还跟我吐槽，说孩子们都跑掉了，不愿意学医，这一身手艺没人继承。

在旅行的过程中，埋下一些好奇心、憧憬、思考。那时真的太纯粹了，漫无目的，到一个地方就骑着自行车到处乱窜。那种感觉，有点像在那里短期生活。很多景点我都不去，拉萨去了无数次，布达拉宫没去过，我宁愿跟在拉萨漂着的人搓一宿麻将，听他们讲拉萨的八卦。

黄：现在好像不太有背包客了，很少见到那样一群人，有见识，有智识，充满好奇心，穷而快乐，脸上有荣光。

辫：对啊，Youth Hostel，那时的青年旅舍里，住着一大票这样的人。

黄：在路上的"联合国"。

辫：他们的背包上全是不同国家的国旗，风尘仆仆，给你讲路上的各种见闻，让你生出憧憬和向往，也想去看世界。那个时候他们经常去虎跳峡徒步，中甸还不叫"香格里拉"。

黄：2001 年改的名字。

辨：对，中甸还分老城和新城，老城叫独克宗。我到独克宗的时候，只有一家酒吧，老板是昆明人，直到现在我都能记得他的名字：安定。个子不高，特别热情，听世界音乐，店里全是各种打口碟。那是独克宗第一家酒吧，你知道叫什么名字吗？牛棚。因为真是由牛棚改的，你知道香格里拉藏族的生活，他们的房子底层就是养牲口的。

黄：巨大。

辨：对啊，巨大，很低，用一根根柱子把它撑起来，人们生活在二层。他把整栋建筑租下来，底下改成酒吧，因为很矮，像我们一米八的大个子站起来后，距离屋顶也不剩几公分了，特别像后来南锣鼓巷的"过客"酒吧。或者说，"过客"的第一束光，是独克宗古城的这家酒吧给我的。

黄：那时，这种酒吧，以及国际青年旅舍，就像全球旅行者的某种秘密基地。

辨：对。

黄：一到那个地方就知道，哦，这是我们的精神联盟。

辨：对。

黄：在一个破破烂烂的物理空间里，大家快速达成某种精神认同，每个人和每个人之间，都高强度、高质量地交换着各种旅游信息。

辩：对。大家的语言不一定相通，但完全不影响交流。

黄：客栈里各种地图，中文的，英文的，大多是手绘的。

辩：留言板上到处贴着我要去哪哪哪，有的直接画一幅画，从一个地方到另一个地方。

黄：那是真正的共创空间，每个人的到来和存在，都成为那个空间精神性的一部分。

辩：我到现在还有这样的梦想。

黄：我曾经的梦想就是开一家国际青年旅舍，那样的空间，人和空间互相"喂养"。但时代变了，人群也变了。总之，那就是你的毕业考察？

辩：对。

2

黄：你毕业考察的主题到底是什么？回去要交作业对不对？

辫：交作业。我立了一个空洞的大主题：中国西南少数民族艺术的文化考察。其实没什么目标，但我就是想来，因为我感觉这里不一样，你想，藏族、纳西族、羌族、傣族、景颇族、普米族……所有这些都让你很兴奋，虽然直到现在我也不了解东巴文化，但藏语后来真的是学了一些，比如"搭车"怎么说，"师傅"怎么说，"求求你"怎么说，合起来就是，"师傅，求求你，让我搭车……"我到现在都可以张口就来。

黄：这不是一整套乞讨用语吗？

辫：对，都是实用性的，所以那次旅行对我来说特别重要。

黄：一次启蒙。

辫：一次启蒙。花多少钱不知道了，肯定是远远超过了学校的补贴（当时我业余时间做装修设计赚了一些钱），但获得了愉悦感，直到现在回想起来都觉得特别美好。后来也碰到了无数次和瑞丽、丽江类似的情况，我到中甸依然住在中甸电影公司的招待所。这个电影公司在新区，依然借给我一辆大的二八自行车，我骑着它去了……

黄：纳帕海？

辩：不是纳帕海，我其实对风景不感兴趣。那次碰到一个意外，对我来说也挺重要的，是我后来"乞讨式旅行"的一次演习。城外有一座寺，不是松赞林寺，叫……

黄：大宝寺。

辩：对，大宝寺。

黄：在仁安村，离城里有一段距离了。

辩：你想，在那个时候是什么情况？所谓的路，也都是土路，我当时买了一个奥林巴斯的傻瓜小相机，胶卷的，一路上各种拍照，也没什么时间概念，后来发现天快黑了，如果原路回去，时间肯定不够了。大宝寺在一座山上，我直觉，如果直直地从这个小山坡翻过去——

黄：省时。

辩：对啊，我不就省力省时，天黑前就可以回到电影公司了吗？那个小山坡看着也不是很高，我就推着自行车向着小山坡去了。我的感觉是，只要翻过这座山头，下去就是中甸。结果，望山跑死马，天都黑了，我也没翻过这个小山坡。

那个山坡看着很近，其实从大宝寺到这个山坡，中间有大片草甸要走，中途还有一些小的丘陵和溪流，当你走到山脚下的时候，天就已经黑了。途中还碰到一个藏族女孩，十几岁，赶着一群羊，跟我各种比画，她说什么我也听不懂啊，最后她放弃了交流，直接带着我走到山坡下，指着一条小路，示意我可以从这条路一直往上走，交代完就回去看她的羊了。

　　当时我挺感动的，但越往上走越害怕，那条路上全是小灌木，你得推着自行车走，关键是天黑了，老觉得树后边好像有什么东西，脖子后头冒凉气，每个毛孔都炸开了，旁边有一点点声音都很敏感。自行车的轮胎碾过路上的石头，哗啦哗啦地响，自行车也哐当哐当响，那次可以说是人生中最恐怖的一次记忆，小时候看《画皮》都没那么吓人，毕竟还是电影嘛。后来我实在是觉得，晚上这么走的话……

黄：不是个办法。

辩：不是个办法。并且，它虽然有一点明显的小路痕迹，但旁边还有更小的岔路，我心里就没底了。不行，夜里不能这么走了。我就找了个地方，那里的灌木围成了一个U形，前面还有一个口，我把自行车放在口子上，蹲在被灌木环绕起来的那个圈里，一直蹲到天亮。

黄：蹲了一晚上？

辩：是啊，有时活动活动腿脚，我感觉这里很安全，因为背后那个灌木……

黄：像一堵墙。

辩：对，自行车再挡在前面，就算一个野外的屋子吧。我猫在那儿，也不敢发出声音，天蒙蒙亮的时候，又冷又饿，就推着自行车继续走。其实，我再往前走一点就是下坡了，下坡走完就是大路，的确是一条近路，所以我的方向是没问题的，但就是那一小段绝望了，绝望之后就不想再往前走。那一次经历了绝望，又经历了绝望之后的希望和欣喜。它意味着啥呢？你的方向感是没错的，当天晚间的选择也是对的，后来无数次经历类似的情况，就是你不能再往前走了，尤其是晚上，尤其在藏区，特别危险，骑行更危险，下坡的时候稍微有一个"马高蹬短"，摔一跤起不来怎么办？还有动物的侵袭，光线不好的时候，你无法判断。所以后来我养成了一个习惯，晚上不走路，不骑行，也不开车，只要快天黑了，不管在哪儿，先住下来。这是那一次养成的习惯。

黄：那趟旅行有点像一次成人礼。

辩：对，成人礼，说得特别好。其实是夯实了你出去看世界的信心，我后来骑自行车去西藏，去非洲，都源自之前这些启蒙，再加上谨慎的做法，可以说有了自己的方法论，会不断加强你对危险和未知的判断。

黄：真好啊，那个时候。

辩：是吧？

黄：现在的旅行完全是另一个时代了。

辩：那时真是充满了好奇心，看见啥都觉得新奇，眼睫毛都是亮的。如果没有那次云南的旅行，没有大宝寺的这次经历，说实话，后面的骑行也不太可能成行。

黄：有时，这种没有知识储备的旅行，带着一股莽撞、无知，因为某件事撞了南墙，然后生出一份谦虚来，真好呀。

辩：是。

黄：了解太多，不会有惊喜，也会带着已知的偏见，很难再带有一双真正发现的眼睛了。

辩：对，说走就走的旅行，往往惊喜更多。计划得越细，快感越少，惊喜越少。

黄：一旦有计划，就总是希望一切按计划走，不如把自己扔出去，接受一切未知的洗礼。

辩：对。

黄：但这里有性格上的差异，如果没有安全感，就总是希望一切都可以控制。

辩：对，掌控一切。

黄：但其实，无论外部世界还是内心世界，我们都无法掌控，只有顺应。

辩：对。

3

黄：这都是你毕业考察的内容？

辩：对。接着，我从丽江坐中巴去宁蒗，依然住在电影公司，到现在，电影公司经理的名字我都记得，何德志。他家就在电影公司后边，等于我就住在他家里。那个人特别好，十年后，我回去拜访，他还住那儿，再后来，听说他搬到了丽江旁边的束河古镇。其实我去宁蒗是为了去永宁乡，永宁已经是"死胡同"，再往前就没路了。从永宁出来，去了泸沽湖。那时真的没有游客，我住在哪儿呢？住在当地的武警招待所。

黄：因为没有游客，就没有酒店。

辩：在村里溜达的时候，大家就是干农活，或者划着独木舟在泸沽湖里打鱼。那次有一点"发现新大陆"的感觉，首先是公路到永宁就没了，感觉里面很闭塞。再到泸沽湖一看，哇，这么美，当地武警又描述了一些"女儿国"的场景。

黄：走婚。

辩：对，走婚、母系氏族社会等传说。去了之后，确实很震惊。在泸沽湖住了几天，又回到了宁蒗，走攀枝花、西昌到成都，然后又去了茂县、松潘、九寨沟。

那次旅行的终点是成都，我人生中第一个登山包就是在成都买的，80升，当我在一个大商场发现登山包时，简直如获至宝。

黄：和那群背包客有了一个共同的东西。

祥：对，我印象中好像是花了300块钱左右。那个背包是蓝色和紫色相间的，直到现在都不知道是什么牌子。为什么如获至宝呢？因为在之前的旅途中，我买的东西太多，背包已经不堪重负了。当我回到东北的时候，光牛头就背了两个，还有在瑞丽买的那些面具，你说这一路得背多少东西！幸好在成都发现那个大包，一下子把好多东西都装起来了。那个大包也跟那些背包客的包很像，通过那个包……

黄：像加入了某个组织。

祥：对，别人也会用异样的目光看你。你会觉得，好像我是他们的一员，找到了一种认同感，虽然你没走几个地方，但一下子就不一样了，感觉有了这个包，你就能走得更远。

毕业考察结束，是需要交一份稿子的。我用一叠传真机的打印纸，就是边上带孔洞的那种纸，把我所有照片累积在一起，中间写了一些我的观察。其实按照传统毕业创作的方式，应该是画一些素描或者类似的作品，但我这个就是……

黄：写了篇考察报告。

祥：差不多写了篇考察报告，然后我又用电脑单独做了个毕业作品，是用喷绘喷出来的，比较精密，像照片一样，非常贵，但我用我的人工跟广告公司做了交换。当初好像是四五个人跟一个导师，这个导师的课题是电脑与艺术的关系。我从西南回来后，有很长时间都跟着这个老师，他一方面授课，讲电脑与艺术，一方面在外面干活儿，外面的活儿就会利用我们这些学生，有一点"剥削"的感觉，但是无所谓，你也获得了一次社会实践，而且他每次给我们带来的都是全新的东西。

因为跟着老师的课题组，后来我到了辽宁电视台的新闻部门实习。一旦到了那个部门，你就不能出去，连住都住在电视台里。每天晚间，新闻中心的主任请大家喝酒，不是啤酒，都是白酒，每天喝得烂醉。我可以跟你形容，在那里工作的每一天，几乎都是白天干活，做电脑设计，晚上喝酒。其实那些设计，现在想想挺傻的，比如几个大金字从地图上飞出来，那时是 DOS 系统，经常一晚上渲染这个东西，一到早晨，突然死机了，连死的心都有。晚上还得陪主任喝酒。有一次，喝一种东北产的 70 多度的白酒，所有人都喝得大醉，醉到什么程度？晚上回去，一口吐在门把手上，这个人还没意识，推门进去就睡了，门上和门把手前面一大摊呕吐物……第二天，新闻中心的领导和员工来上班的时候，你想想那个画面，直接就崩溃了。因为这件事，我们这小部门一下子就没了。

然后就转到一家设计公司，当时在沈阳特别有实力，那时已经用苹果电脑了。1996 年，苹果电脑五万多块钱一台，我们那家公司好几台！还专门有个保险柜存软件，光是软件就得一万多元一套，全是正版软件。

我们跟这家广告公司的关系是这样的：给它干一个月的活儿，中间有两个老师来授课，关于电脑的所有课程，包括怎么做图，那时已经能喷油画布了，确实很精密，但也很贵；广告公司答应我们，干完一个月的活儿后，可以把每个人的毕业创作都做成喷画。是这样一个交换。

黄：所以你一直跟新技术并肩前行，没有抵触过。
辩：从来没有。

我姥姥

1

黄：在进入北京的故事前，还想听你讲讲东北。这些年，感觉大众文化层面都有一点"泛东北化"了，无论哪个领域，都有东北人异军突起。但，有一个聚光灯下的东北，有一个灯光之外的东北；有一个想象的东北，有一个实际的东北。你讲到和女朋友在胡同里走来走去，听着很动人，一种和我们以为的东北很不同的氛围。

辫：我特别喜欢这种有烟火气的地方，特别喜欢，到北京后，选择在南锣鼓巷的某个小胡同住下来，也是因为跟小时候的情景特别像。我们的邻居关系也是这样，我和你讲过，杨阿姨在大桥底下找到我和小虎。

黄：走丢的那次。

辫：对，把我们俩抓回来，最后我被爸爸暴揍。当一个院子里的两个小孩不见后，全楼的邻居都会出去找。

黄：就是一个大家庭。

辫：有的邻居平时并不熟悉，也就点个头而已，但是当这种事情发生时，所有邻居，全部出动，满城去找。我们跟邻居关系好，因为我们家里有个核心人物，就是我姥姥，我小时候是跟姥姥长大的。

黄：所以你是和妈妈、姥姥，三代人一起？

辨：不是，就是我跟姥姥。

黄：在另外一个家？

辨：对，我小时候跟姥姥住在老房子里，我妈跟姐姐住在另外一处的新房子里。

黄：你说的新房子是指楼房，老房子是指？

辨：其实都是楼房，但我们的老房子是那种三层的红砖楼，有一点像宿舍楼。新房子是六七层，所谓的防震楼，Y字形的结构，也就是比老房子新个十年八年的。我是跟姥姥长大的，我后来所有的习惯，包括认知，都是姥姥最早带给我的。姥姥88岁去世，是非常传统的山东小脚老太太，她是跟着我妈去的东北。

黄："山东小脚老太太"是什么意思？

辨：现在你到山东去，八九十岁的老人，基本上都是小脚老太太，她们可能是最后一代裹脚的。

黄：我奶奶也是。

辨：但我奶奶就不是，她是那个时代的新青年，她不裹脚。

黄：现代女性。

辨：我奶奶跟我姥姥，完全不在一个世界。小时候，我去奶奶家看她的照片，都穿着长长的貂皮大衣。有个说法，我没有向大姑求证，但据亲戚讲，我爷爷是奶奶家的佃户。

黄：小姐"娶"了一个佃农。

辫：对。由于门不当户不对，不允许他们在一起，爷爷就沿着火车轨道走到了长春，当时叫"伪满洲国"，去那边投奔我二爷。我奶奶也沿着火车轨道一路向北去找我爷爷，就跟家庭分裂了。奶奶家好多亲戚后来都去了台湾，奶奶的亲哥哥也去了，后来还通过其他亲戚找回来，想修复这份亲情关系，我奶奶坚决不同意。

黄：烈女子啊！

辫：特别烈，特别烈。她也是极其要强，据说她们家很富，她父亲好像是东北一个军阀旅长，我姥姥就是山东一个农村老太太，非常传统。小时候，整栋楼的人对我姥姥都非常尊重，姥姥一共生了八个孩子，夭折一个，还有一个稍微年长时也去世了，我见过的是六个。那个时候山东农村非常困难，她年轻的时候，雪特别大，齐膝深……

黄：她是山东哪里的？

辫：现在叫莱州，那时候叫掖县，出产板刷、毛笔，还有金矿。姥爷去世得早，她一个人把这几个孩子养大。她养兔子，因为兔子繁殖快，兔子长大后，把兔肉做成丸子，到十字路口去卖给那些赶大车的人，这样把几个孩子养大。那时村里各种红白事，全都是她操办，她可以做司仪，也可以胜任任何事。

黄：那时女性没有读书，但什么都会，同时，还在家里扮演家庭主妇的角色。

辩：对，她虽然不识字，但办事极其果断，也特别有智慧，村里的大小事情都找她帮忙。我妈生完我之后，大夫说这个孩子没法要了，我们医院治不了，因为眼睛、嘴、鼻子、耳朵，全部都结痂了。

黄：就是你？

辩：对，就是我，生下来就病得很厉害。姥姥毅然决然地说，不用医院医治，回家，我来养。后来每次我稍微气到她的时候，她马上会用山东口音说："你小时候是我用羹匙——山东话管勺子叫羹匙——一个露水珠一个露水珠给你养大的。"铝勺子你用过吧？它后面有一个斜的把儿，前面的头是大头，后面的斜把儿是小头，她在勺子的大头那边滴一点水，然后顺着羹匙往里匀一滴一滴的水，这样把我的嘴一点点润开。

黄：你姥姥什么时候离开的？
辩：2000 年。

黄：那她看到你现在这么健壮，也就放心了。

辫：是啊，你看我现在多结实。

黄：和我熟悉的那些玩户外的人相比，你性格的底色很传统，原来源头在这里。如果跟着奶奶长大，可能又是另外的样子。

辫：对，如果只能选一个人生中最重要的人，那我一定选我姥姥。我小时候很少见到我妈。姥姥走的时候，已经是"过客"的第二年，我知道她快不行了，有段时间我还特意把海雁带回家，其实那时海雁跟我说，我们就是普通朋友关系，或者生意合作伙伴，但我说了姥姥的情况后，她跟我一起回了家。

黄：小时候姥姥家周围是什么样？

辫：我出生在鞍山，但小时候有好长一段时间在山东，记得写信的地址是"山东省掖县滕家公社龙埠村××号"，姥姥这边的所有亲戚都在这里。其实我所谓的老家，都是姥姥这边的亲人。爷爷奶奶那边，因为爷爷去世得早，主要是奶奶和两个姑姑，有点若即若离的感觉。我每两个星期回奶奶家一次，她属于比较知性那一类，表达的是另一种关爱，翻翻老照片，讲讲以前的事，和姥姥这边农家的亲情对比起来，不浓烈。所以我很依赖姥姥这边的血缘关系，跟爸爸那边的亲戚反倒不亲。

黄：包括跟你爸爸本身。

辫：对，并且很不幸，我们家有特别大的变故，我至今也不敢问，但我基本可以确定，爷爷的去世和我爸有很大关系，在他清醒后，知道自己犯下了不可饶恕的罪孽，所以他自杀了。说这些其实没什么用，有时候回想起来，那代人都不平静。

黄：大时代很动荡，个人的命运非常卑微，人也不可能流动，不像我们这一代，其实一旦流动起来，就不会被一两件事完全笼罩住。

辩：因为爷爷这边是这样的情况，所以小时候就特别期待姥姥那边的老家来人，一来人就会带很多土特产，麻花、油果子、苹果、桃子，还有海鲜，等等。所有这一切，比我在东北的日常吃食丰富得多。反倒是现在，我有时都不敢回姥姥老家，太热情了，按我们城里人的生活方式，热情到不知如何回应。已经很多年没见面了，大家依然那样热情，你都不知道怎么去承受这份情感。但小时候，每年都期待老家来人，一来就背好多东西，大家在一起吃吃饭，喝喝酒，特别好。现在我妈妈就住我家，但不知道为什么，就是跟她亲不起来，我也特别内疚。

黄：你觉得应该跟她亲近起来。
辩：对啊，我觉得应该跟她亲，但亲不起来。

黄：这些关系很奇妙，那时的父母跟孩子很难亲，隔了一代就完全不一样。
辩：对，挺分裂的。还有一个原因是，妈妈特别不希望我画画，因为我爸爸画画。

2

黄：你的画画是怎么开始的，和你爸爸有关系吗？

辩：没有，我没见过几次我爸画画，但这其实就是基因。我家在一栋 L 形的红砖楼里，红砖楼一共三层，我家住在第三层。外面就是十字路口，我们在拐角处，周围都是平房，只有这一栋孤零零的楼房。从街面上进来，先是一个小胡同，然后上楼。我们的三层小楼旁是一排平房，居委会主任家就住那一排，他家有一个特别大的院子，用水泥固化了，小时候经常从三楼下到他家院子里，用粉笔在他家院子里的水泥地上画画，一画一整天，一画一大片。

黄：没有老师教？

辩：没有，自己画，所有邻居都知道我会画画。

黄：视你为天才吗？

辩：反正小时候他们就说这孩子跟他爸一样，意思是有天赋。

黄：那大概是多大的时候？

辩：应该是小学最初那几年。

黄：你妈妈不希望你画，是因为你爸爸？

辫：因为我爸画画才发生后来那些事。

黄：她觉得是画画导致的。
辫：对，一种比较朴素的关联。

黄：那她怎么阻止你？
辫：她把我爸爸所有的手稿、画册，全都锁在几个大箱子里，再把箱子放在一个钢床下，我小时候的一个乐趣，就是偷我爸那些被锁起来的画册。小时候不都是水泥地嘛，老是拖地，地上就会积水，木箱子下边那一块因此特别容易烂掉，烂了之后，就可以把它直接揭掉，然后从下边一叠一叠地抽画册。

不仅仅是他的画，更重要的是苏联那些画册的单页，我现在都还记得特别清楚。后来到了美院，在图书馆看到列宾这些画家的作品，其实我小时候就已经看过。

我家还挂了一幅油画，画的是维苏威火山喷发导致庞贝古城消亡，那幅画对我造成了很大的心理阴影。小时候不懂嘛，那幅画很长，有男有女，也有裸体，这边火山喷发，岩浆从山上倾泻下来，地上都是尸体，天空乌云密布，学画以后才知道，那幅画就叫《庞贝的末日》，小时候每天早晨一睁眼，看到的就是这幅画。

黄：你爸爸像生错了地方，他是非常棒的艺术家。
辫：对，我后来找到他的日记，里面记载了特别多奇思妙想。

黄：那你对家的感受是什么？一方面跟姥姥这么亲，一方面和父母又有点生疏。

辩：跟姥姥真的非常亲，我都这么大了，还愿意亲姥姥额头。吃东西，第一时间想到的一定是她，她做什么事我都特别关注。但是我们的小家庭，我对爸爸没有印象，他在世的时候，甚至经常会躲他，妈妈会跟我和姐姐说，你爸爸回来了，赶紧走，因为担心他精神病发作。而我妈妈，一直在工作、工作、工作，永远都在工作。

我们小时候，电影院特别火，火到什么程度？一票难求，买张票都恨不得要走后门。印象中，我妈妈原来是看门，后来维持秩序，再后来卖票。卖票是从早到晚都卖，几个人轮班，所以有时要上夜班。我去售票室看她，只有两扇这么小的窗口，全是伸进来的手和钱，刚把这个人的钱收了，把票塞出去，马上又有很多只手伸进来……窗户下边看不见，上边是透明玻璃，银色栏杆，从里边看出去，外边的人挤得一层一层的。

黄：像早年的火车站。

辩：对，当时卖票就是那么一个概念。

黄：每天都有电影上映吗？

辩：对啊。当你说妈妈在电影院工作，优越感就特别强。并且，电影院里的这些小孩有一项特权，可以在电影院里那些特别隐秘的地方玩儿。现在想想挺危险的，好多地方都鲜有人至，员工根本不去，比如天台上一道很窄的过道，也没护栏，就是桌子这么宽的一道女儿墙，里边全是垃圾。一到演电影的时候，前面的银幕"哗"一亮，这边黑起来，我们就在下边爬来爬去。有一部电影叫《天堂电影院》，我们当时的感觉和那部电影里的孩子有点像。还经常搞恶作剧，银幕下坐得满满都是人的时候，我们从这边跑到那边，又从那边跑到这边，放映室的叔叔阿姨就把几个孩子抓起来，他们怎么惩罚？扒裤子！

黄：在台上？

辩：没有，抓到放映室里站一排。

黄：小孩坏，大人也坏。

辩：特别有意思，电影院里的乐趣太多了。在舞台上跑来跑去都是小儿科。我们干吗？小时候都吃冰棍，吃完冰棍，垃圾扔得到处都是。电影院后面有一个垃圾堆，他们会定期焚烧。但垃圾堆里有很多宝藏，比如钱，二分钱、五分钱，他们不烧的时候，孩子们就过去捡钱，会捡到很多。我们也会用橡皮筋把冰棍的棍子捆成一捆一捆的，然后带到电影院顶层的那道女儿墙。当电影放映结束，观众们如潮水般散场时，我们就向人群里发射冰棍的棍子，也不会伤到人，打一个，马上藏到矮墙里，过一会儿没什么动静再打。

黄：有一种集体生活的快乐。你们是住在家属院里？

辩：差不多，不是严格的大院，就是几栋楼。海雁在军队大院长大，她说小时候最大的压力是，经常听到别人家的孩子怎样怎样，我们这种楼不是。

小时候还经历过一次大地震，海城地震，好像 7 级多，很严重。有段时间住地震棚，小孩子完全不觉得怎么着。

黄：就觉得好玩。

辩：好玩，那时父亲还在，姥姥说，你爸特别不听人劝，地震那么严重，他依然回家睡觉，就爱睡那个火炕。你想，那么严重的地震，好多房子都塌了，我爸非要回去睡觉。他自己烧炕，烧得太热了，还把棉服和被子烧着了。火炕容易有危险，烟从火炕的缝隙里出来，是容易中毒的。

黄：到底还是好的，至少是热闹的，现在的孩子好孤独啊，只有学校和小家庭，没有真正的邻居和社区。

辩：我儿子动动也是，好不容易找了一个我们小区的小朋友，两人脾气秉性不错，整天在一起，我心里就特别高兴。

因为地震，邻居们之间可以说是过命的交情。我们三楼一共四户，这边两户，那边两户。那边两户就有小虎他们家，他们隔壁一家是朝鲜族人，姓韩，我叫韩大娘、韩大爷，那是救过我们命的。地震最严重的时候，韩大爷家孩子十几岁了，可以自己跑，但我们小，韩大爷直接冲过来，把我和我姐夹在胳肢窝下就跑。什么叫"远亲不如近邻"，这不就是最好的诠释吗？

3

黄：你对外面的了解从哪里来的？你去了那么偏僻的芒市、瑞丽、永宁，从哪里知道这些遥远的小地方的？

辫：地图。

黄：第一张地图是什么时候出现的？

辫：我没有你家这么大的地图，但有小的。我的第一张地图是长条形的，一页一页，有些可以打开。是一张全国地图，我在上面密密麻麻记了一些联系人的电话，那时只有电话，并且是座机，就像宁蒗县电影公司的经理何德志。那时最重要的是邮编，要把邮编记详细了，然后是地址、座机电话。

黄：你一开始就很喜欢地图？

辫：特别喜欢，无聊的时候就展开地图想象。我小时候住得离火车道特别近，这趟火车从哪儿来，到哪儿去，它去的地方是什么样的？充满了想象。那时最大的梦想就是，跟着火车一起走。

黄：你对云南的想象，仅仅是因为它在西南，你在东北，距离你特别遥远？

辫：不是，最初的想象其实是来自少数民族，对少数民族有强烈的好奇心，因为它跟你太不同了，那种巨大的未知很迷人。这里边肯定也掺杂了荷尔蒙的成分，总感觉那地方比你去乌镇要危险一点。

黄：一定要有一点刺激。

辩：非常强烈，有没有伙伴无所谓。我的老师不太能理解，去那个地方花费还挺高的。说到这儿我突然想起来，当时我是那一届毕业创作考察中唯一写声明的，学校说你去的那个地方不在我们的安全范围内，你要签一个免责协议，我直接就写了一份。

黄：你这么一个喜欢刺激的人，竟然是个乖孩子，也不打架。你的身体有什么病吗？小时候那么难养。

辩：小的时候特别瘦。

黄：什么时候变得这么苗壮的？

辩：可以说是十年前。

黄：喝啤酒？

辩：不是，跟啤酒没有关系，跟动动有关。我第一次长了十斤左右，是因为海雁怀了动动后，经常突然说，我想吃韩国烤肉。好好好，赶紧去。结果刚吃一口，不吃了，我就吭哧吭哧在那吃。

黄：我跟你吃了两顿饭，感觉你吃饭很自律，你吃得很少。

辩：不多，我饭量很小。

黄：一个每天干这么多活儿的人，尤其以前还骑行。

辩：我在路上的时候饭量非常大，尤其出国的时候，比如去北欧，我知道哪一家烤鸡好吃，我会特意买一只烤鸡，一顿吃一只还不够，还要喝一些酒，吃一些其他东西。在德国旅行的时候，我一个人能吃一个肘子，食量跟德国本地人没什么区别。所以我这个胃的弹性，完全是因为旅行，可以吃很多，也可以吃很少。说到吃，又想起我姥姥。我刚上大学时，夹杂着兴奋和痛苦，痛苦来自要离开我的姥姥。

黄：对姥姥这么恋恋不舍？

辩：我姥姥太可爱了，我妈甚至有一点嫉妒我姥姥的性格。她会在每天只挣很少钱的时候，花两块钱买一袋螃蟹回去，用大锅烀完，请大家一起吃，从来不管第二天。她经常讲，爱吃什么就吃，不用担心明天，明天是明天。我特别受她这种性格的影响，不管明天。我觉得她太酷了，所有亲戚都说姥姥主意特别正，她认准的事，别人说什么都没用，她有自己的一套真理，关键是真的管用。她会说，你们都是我踩着齐腰深的雪去做生意养大的，你们有什么话语权？

我姥姥还有超高水准的面食制作技艺，目前为止，我没有遇见比她做得更好的。她做的白面馒头，团起来，可以缩成汤圆大小，但是你松开，它还会弹。我现在特别后悔一件事……

黄：没有学。

辫：这是我最后悔的。我们家不是睡火炕嘛，如果第二天要做馒头，她有一个小铁盒，就从里面拿几小块干的"面团"出来，其实就是干酵母。小面团扔到盆里，先用水泡，泡成面糊糊后，再倒进大盆里去和面，然后把大盆扣上，再用棉被盖上，放在火炕上。

第二天，神奇的事发生了：扣上的盆被顶起来了，甚至两边还有面溢出来。那个面很黏很黏，不能直接用，还要继续往里掺面和。她就用这样的方法做馒头。哇，最后那个白白胖胖的大馒头太好吃了。我们经常去对面粮站买面，粮站也卖馒头、麻花一类，可能他们吃到过姥姥做的馒头，就非得请姥姥过去帮他们做。姥姥不干，她不想把这件事做成生意。

黄：那时她还挑东西出去卖吗？
辫：她做的馒头从来没卖过，但是她卖什么呢？卖花儿。

黄：什么花儿？
辫：她养的花儿。

黄：她在哪里养花儿？
辫：就在家。

黄：阳台上？
辫：对，阳台上。所有花儿，仙人掌啊，石榴啊，她全部嫁接。

我上小学的时候，经常帮她把小推车推到一个十字路口去。她比较醉心于在那个地方卖花儿，一天可能也就是几块钱的收入，但是她很享受。中午也不回家吃饭，其实走几步路就到了，而且她跟旁边那些商铺都混熟了，如果她走开，那些人会帮她卖，但是她小脚，走路不太好，一直都拄着棍。所以她经常在那里一待待一天，如果我放学的时候她还没走，就一起把小推车推回去。

黄：你们两个有点相依为命的感觉。

辩：是。她做馒头的技艺令人赞叹，周围所有的邻居也都特别爱戴她，她特别愿意蒸完馒头后送给大家。

黄：你现在不吃主食，是因为曾经沧海难为水吗？

辩：是。

黄：你姥姥真是完美女性啊。

辩：其实从小到大，甚至现在，我们家都有点"母系社会"的感觉，家里都以女性为核心。从我记事开始，一直到姥姥去世，亲戚来的时候，主座就是我姥姥，她也不怎么说话，每次大家聚会，一大桌十几号人，她就自顾自吃，也不需要你特别关注她，她说我自己吃高兴了，比你们任何人照顾我都要好。后来想起她的点点滴滴来，特别让人崇敬，那么有自己的态度。

黄：爱自己，也爱人。

辫：她教给我很多。比如吃饭的时候，如果你用筷子点人，她会直接扇你一巴掌。筷子也绝对不允许插在饭里。菜刚端上来的时候，你只能夹你旁边的，不能越过菜的中心线去夹对面的……这些都是姥姥教我的。如果去别人家玩，不能乱动东西，这是她三令五申的。她会告诉你，什么事情一定不能做。

黄：那时候的女性太厉害了，无论什么情况下都能把一个家维系着往前走，即使经济紧张，也总能特别好地分配各种有限资源，我妈也是这样。

辫：中间有一大段真空时期是我妈妈填补的，但她的存在感很弱。姥姥到年纪很大的时候，不再出去做事情，只是靠积蓄，包括身边这些子女给她寄的钱。我们家的经济支撑，肯定是靠我妈的工资，但是，我从来没看到过我们家的经济往来账目，从来没有。我小时候对钱没什么概念，除了过年时给姥姥磕个头，她给你个红包。直到现在我也是这样。如果从"过客"算起，我们做生意快三十年了，但是，一，我不知道进多少出多少，二，我也不关心进多少出多少。

黄：都是海雁管钱吗？
辫：海雁管钱。

黄：你是运气好。
辫：对，年轻的时候不觉得，我也是年过半百才发现，确实很幸运，每个阶段都有一个强力的支撑。

黄：也不是幸运，你是怎样的人，就会遇见、选择什么样的人和事。

辫：对。

黄：所以海雁是你生命中第二个重要的女性。

辫：嗯。

第
四
章

远飞鸟

——中国户外运动的原点

1

黄：我们聊了一天，而第一个问题是你跟海雁怎么认识的，现在还没绕回去。你是怎么来到北京的？要接上海雁的问题，因为来了北京才会认识海雁。

辫：我大学的时候去了几次北京，并且还比较受款待，为什么？依然跟电影公司有关。东四有一个大华电影院，你知道吗？

黄：有点印象，经常从那一带走，但没去过电影。

辫：它门脸儿不大，但是北京那个年代最火的影院之一，因为位置好。大华电影院有一个跟我一样画画的美工，这人叫老袁，袁凤歧。

黄：你的记忆力真是神奇，永远记得这些人的名字。

辫：其实我记忆力不好，不知道为什么今天就这么好。我和老袁是通过电影公司的活动认识的。这人极其热情，甚至有一点没有边界，他管你的一切，请你吃饭，给你花钱，帮你联系住的地方。他在大华电影院有一个画室，里面有张小沙发，他有时画晚了就不回家，在那儿睡。我去北京时，为了帮我省下住宿费，他就让我住画室，他自己回家住。电影院还有食堂，我就拿着他的饭盆到食堂去吃饭。这样，食宿费都省了。

老袁其实不是科班出身的美工，我每次来他都特别兴奋，他会让我帮他画人物，他来写字。我们属于忘年交，他比我大十几岁，但我们能彻夜地聊画海报的经验、画面和文字的关系。有时他直接就把我给弄到北京来，他画室有一摞海报，我们彻夜地画，他起稿，我画色彩，或者我起稿，他画色彩，我们一起完成了很多幅海报。

因为这一层关系，北京就不是一个陌生的地方，每次来北京都有一个着落，有个家一样的地方，虽然只是一个沙发，一堆画材，其实画室挺脏的。

他的画室在电影院二楼最把角的位置，有一个小露台，早晨起来还可以在露台上伸伸懒腰，看看旁边的胡同。电影院的楼比较高，旁边都是小平房，露台上可以俯瞰老百姓的院落和卖煎饼果子、卖油条的，有烟火气。关键是，走几步就是天安门了。所以，虽然是在首都做客，但感觉就像有一份特权。

大学毕业时，我不是在那家使用苹果电脑的广告公司嘛，当时给我的工资开到 800～1200 元一个月，很高的，老板想留住我。但我不想在沈阳，虽然已经待了四年，但亲近不起来。在那里，做很多事都有裙带关系，而且那种吹牛完全不靠谱的习气，我也非常不认同，本能地抵触。那时身边的同学都说，你好像在别的地方生活过，不像典型的东北人，我说我在山东生活了一段时间。

黄：所以就想来北京？

辫：对，再加上袁凤歧，他那里其实是一个收容所，一个心灵的慰藉，是我在北京的一个家。

黄：现在那些电影院都转型了吗？

辩：可能，我都不知道那些电影院在不在了，老的电影院应该都
不在了。

黄：哎呀，听你这么说，那些电影院那时也是天堂电影院啊。

辩：对。

黄：你说的那些人多热爱这份工作啊。

辩：像老袁这样的人，其实不是科班出身，但不知道为什么，他
就特别痴迷。那时真是彻夜聊海报，那时候没有串儿，就吃着类
似鸡骨架的东西，可能还有什么拌海带丝，再去旁边菜市场买点
拌豆腐皮、燕京瓶啤，就在那一吃吃一晚上。

2

黄：你来北京后，前面一段是怎么展开的？

辩：哎哟，这个说来也挺长的。大学毕业后，在沈阳干了两个
月，拿了点工资，我就直接来北京了。来北京，一方面是因为老

袁，一方面是有一个远房亲戚，住在前门。

黄：都在这么中心的地儿。

辫：对，前门哪条胡同记不清了，拆了很多年。那个远房亲戚我也叫姥姥，是拐了很多弯的一个亲戚，但她除了没我姥姥健壮外，一切都像我自己的姥姥，就像我姥姥的缩小版。也是小脚老太太，也穿对襟衣服，也是特别热情，对我无微不至。很短暂的一段时间，我寄宿在他们不住的一间小平房里。一次特别偶然的机会，我骑着一辆自行车去香山公园。

黄：那时候这就算长途了，从前门到香山公园。

辫：骑了很久。我先沿着长安街骑到苹果园，再从苹果园继续奔西骑，当我骑到香山公园的时候，已经是吃中午饭的时候。在一个小饭馆，我看到了一则电视广告，是一个旅行社去西藏和新疆的广告，还招聘志愿者，反正极其吸引我。我把所有信息都记下来了，记得地址是在知春里附近。从香山回来，我就骑到了知春里。

旅行社就在知春里的一条街上，我现在也能找到那个地方，就在当代商城背后。去之前，我先拨通了电话，一个姓颜的小伙子接的电话，叫颜向东，他接待了我。这个人现在我们还见面呢。

黄：好，找到了颜向东。

辩：这个人是我人生转折点上的关键人物，这是后话。反正当天，他很热情地接待了我。

黄：那时候人总是这么热情。

辩：对，特别热情。接待我之后，他说，你特别像我身边的一群人，今天晚间带你去见几个朋友好不好？我当然无所谓。

黄：一穷二白。

辩：一穷二白，啥都没有，那咱就去见呗。然后，他把我带到了一个叫"远飞鸟户外运动俱乐部"的地方。

黄：在什么位置？

辩：从旅行社所在的那条小街出来，左拐就能看到人民大学东门，东门斜对面有个丁字路口，丁字路口上有一栋高楼，高楼底下有个地下室，就在那个地下室里。当年他带我下地下室的时候，我心里特别害怕，地下室里堆满了垃圾，灯光一闪一闪的，墙面上的漆全都剥落了。

黄：像命案现场。

辩：对，你都不知道他会带你去什么地方。结果，在地下室尽头，找到一扇小门，推门进去，是几个地下室打通后攒成的一个俱乐部，门口左边砌了个吧台，是用三块破木板搭建的，吧台上是厚厚的黑色棉垫，像拳击手套那种质感，到处都黑了吧唧的，门口的破木头上手写了几个字：远飞鸟户外运动俱乐部。

这个俱乐部现在还在，老板张远辉我们也有联系，很多人已经不知道他了，但远飞鸟是我知道的第二家户外运动俱乐部，第一家叫"燕捷野外生存俱乐部"，创始人叫朱燕捷。这个燕捷俱乐部有一点像中国户外运动的黄埔军校，后来的很多俱乐部是它的队员和领队"分裂"出去的，包括远飞鸟，虽然远飞鸟不承认。中国户外运动俱乐部的星星之火，我知道是怎么燃起来的，包括后来的三夫、绿野、新浪；驴坛，尤其是绿野，大家都知道绿野 org、绿野 info，绿野创始人是谁，你知道吗？很多人不知道。

黄：我也参加过绿野的几十场甚至上百场活动，但不知道创始人是谁。

辨：是我在远飞鸟时期的一个队员，网名叫"咳嗽"。

黄：先讲那天晚上。

辨：对，一下子见了好几个人：远飞鸟俱乐部的老板张远辉；他那个时候的合伙人，我们叫"牙签"，真名叫王勇。大家彼此一聊，哇，有一点干柴遇烈火的劲儿。我毕竟有毕业创作旅行的基底嘛，随便吹吹牛，大家一下子就觉得惺惺相惜，当天晚间就说："别走了，就睡这儿吧。"那个时候的人，全都非常纯粹。

黄：都在找精神恋人。

辫：对，从此就越来越紧密，每个周末都去各种地方玩，远飞鸟经常租辆大巴，大家跑到司马台、灵山、小五台，甚至内蒙古。

黄：坝上、扎赉诺尔。

辫：反正很多地方，那个时候的俱乐部都是打擦边球，其实是短途的旅行社。

黄：只是没有合法资质。

辫：没有合法资质。

黄：自由结伴。

辫：对，自由结伴。那时周末一个人收 100 块钱左右，他给你提供睡袋、防潮垫、背包这一类装备，还有一点吃的喝的，把大巴租好，中间赚一个差价。我后来在北京生根发芽，成家立业，所有这一切，其实都源于与颜向东的见面，如果我当时没有记住那个广告，没有去找那家旅行社，他没有带我去那个地下室，一切又是另一番景象了。

黄：我们的命运好像都有某种线索，这个引出那个，那个又引出下一个。

辫：对，颜向东原来做国外的线路，后来做国内的，做得还挺好的。但"非典"一来，他干脆把旅行社关了，回（黑龙江）大庆帮他哥做事。中间做"过客"那段时间，我们失去了联系，近几年又联系上了。

3

黄：你是 1997 年到了北京？

辩：1997 年，大学毕业那一年。那个时候，我就辗转于几个地方：东四老袁的画室，前门远房姥姥家，去了远飞鸟之后，远飞鸟收留了我。他们也没有雇我，就是每个周末让我带些线路，带完给点钱，或者干脆就没有钱，给点吃的喝的，又能交朋友，这不是挺好吗？后来我就直接睡在俱乐部地下室里了，晚上把桌子拼一下当床，然后就钻到睡袋里去了。如果再冷一点，冬天我就直接睡帐篷，反正地下室里到处都是帐篷。

那时周末就带大家出去玩，不是周末的时候，大家也来俱乐部一起做饭聊天。俱乐部的向心力非常强，大家互帮互助，今天我拎个菜，明天他拎袋馒头，换句话说，也是接济我的生活。

远飞鸟几乎是一个原点，是特别多人心目中的乌托邦、圣地。那时来的人都是各行各业的，很多人的条件都很好，但大家没有架子，都在谈精神层面的东西，谈远方，不像现在，大家知道你是干吗的，可能就要聊业务，那个时候根本就……

黄：没有工作往来。

辩：虽然知道你是干吗的，但聊的都是我们去哪儿玩，用什么装备，他非常渴望你告诉他一些实际的东西，因为并不相信杂志上写的，大家渴望有真实经历的人，亲身告诉你一些具体的信息。比如你要去拉萨，就很想找到一个真去过拉萨的人，面对面回答一些问题。

黄：有时候想，信息不必那么发达，最好是口口相传。

辩：俱乐部的活动也是口口相传，有时根本报不上名，很火。大家就是一圈一圈地往外传，在这种氛围里，人与人之间都很真诚。

黄：你到了远飞鸟就直接带线路出去了？

辩：很快就进入状态了，等于你变成了他们中的一个齿轮，大齿轮带着小齿轮，迅速就转起来了。那时，经常是今天晚间在谁那儿吃饭，明天谁又需要设计，后天另外的人又需要搬东西……就来回来去地串。关键是，这个过程中，我还有了一份稳定的收入。什么收入呢？张远辉的合伙人，王勇，也是我生命中非常重要的一个人，直到现在我们俩关系都很好。他是特别有趣的一个北京人，有老北京的那种范儿。我认识他的时候，他就已经豁牙了，经常叼着烟卷，烟卷直接卡在牙缝中间。他家离远飞鸟特别近，就在魏公村，走路也就二十多分钟。我住在俱乐部的时候，他每天都在，非常热情，又好喝酒，还是我外出做领队时的搭档。我们俩配合得非常好，只要队员一休息，我们俩就掏出"小二"（小瓶的二锅头）开喝了。后来他夫人所在的广告公司需要设计师，我就带着我给远飞鸟设计的名片和 LOGO 这些作品去应聘了，老板看完马上决定录用我，工资 1200 块一个月。

黄：那领了两份收入。

犇：不是，远飞鸟其实没收入，就是混吃混喝混玩儿。但我很认可那里，一个是可以出去玩儿，一个是那种氛围，虽然没什么钱，但大家很开心。

黄：有人培训你吗？出去当野导游的时候？

犇：没有。

黄：你总得自己探索一遍这些山才行啊？

犇：王勇跟我说这周去哪哪哪，大多时候都是去长城，长城又走不丢，就一个烽火楼、一个烽火楼走下去。

黄：你们那时候都去了哪里？

犇：北京的东边没啥地方，南边相对比较远，像小五台，基本上是西边和北边，尤其是北边，最频繁的时候，一个星期去四次，像古北口、司马台、金山岭、九眼楼、黄花城、黄草梁、灵山、雾灵山、云蒙山、箭扣……那些野长城我简直滚瓜烂熟，野长城上那些楼子我基本都睡过。

黄：你说的这些地方我全去过，我跟绿野走了很多年，把北京北边的燕山山脉、东边的太行山脉，大体都走了。在北京那些年，感觉没一个周末在城里，总是星期五晚上就在德胜门或者苹果园集合，星期天晚上再回来。

辫：那个时候真是，只要周末就出门。远飞鸟最强大的时候，有很多个我这样的志愿者：牙签（王勇）、庆波、胖龙、姚博、咳嗽、大名、玉林、二胖、小颜、龚玉齐……也不怎么发钱，大家的本职工作各不相同，有大提琴家、设计师、会计师、IT 男、司机、记者，包括在外企工作的，比如海雁。

4

黄：海雁是在这里跟你认识的？

辫：对啊。海雁她不是一家瑞士外企的白领嘛，张远辉经常把周末线路的文字发给她，请她打印出来，然后发传真。总之，那时所有人都贡献着自己的一分力量。

黄：感觉大家对俱乐部的情感，就像家一样，用一种完全不同于工作的标准和要求。

辫：对，虽然周末的活动也交费用，但大家一点都不觉得它商业。后来户外运动的中坚力量，都是那些人像细胞分裂一样分出来的。我们身边好多人的另一半，都是在俱乐部的活动上认识的，包括我跟海雁。当时俱乐部已经很强大了，慢慢地，俱乐部的成员、合伙人，不满意现有的架构，就想改革，比如股份制合作，反正就是对现状不满意。

黄：在想要让它完善化的途中，分崩离析了？

辫：对。最开始，大家是想把那批用了很多年的迷彩装备换了，一换就需要钱，需要钱就得投资啊，但是钱从哪来呢，那不就涉及商业模式？是这么一个闭环式的逻辑，结果大家没谈拢，这事就没有推动（其实那会儿也没人想得明白），就分崩离析了。最后，我们这十几个人在当代商城一家很火的饭馆吃了顿散伙饭，每个人都喝得烂醉，吃完就散伙了。

　　吃散伙饭的时候，咳嗽也在，他原来是我和王勇的队员，慢慢地变成我们的帮手，有时也配合我们出去做领队。咳嗽的体能非常好，人也特别热心，他是IT男，能做一些网络设计、写代码之类的工作。那时不是有论坛吗？连论坛他都能设计出来。我跟咳嗽关系挺好，我是长头发，咳嗽也是，但没我长，所以有人管他叫小小辫儿，他也梳个小辫儿。

黄："小辫儿"这个名字就是从远飞鸟开始的吗？

辫：对，王勇起的。到远飞鸟的第一天晚上，他就给我起了这个外号。我的头发留了四五年，洗头特别麻烦，头发还会开叉，保养得不好。冬天更可怕，洗完头之后，不干，它会冻成一绺一绺的。夏天也麻烦，后背可不舒服了。在"老过客"的时候，有一天幡然醒悟，我干吗要折腾自己？把头发一次性剃成了秃瓢儿，所以他们又叫我"光头小辫儿"。

那天晚间吃完散伙饭，我们推着自行车从当代商城出来，一起走路说话——那时我们永远都有聊不完的话题，一直从当代商城走到了小西天（咳嗽家在小西天）。小西天原来有一个牌坊，牌坊下一溜儿的大排档。我们俩还没喝够，没聊够，那就坐下来撸串儿，再喝几瓶。然后他就跟我讲，他想建立一个 AA 制的俱乐部，其实就是户外运动俱乐部的乌托邦。他说我不要收钱，我把所有资源、线路公开，我愿意组织就我组织，你愿意组织就你组织。

黄：共创，共建，共享。

辫：对，这不就是共享俱乐部吗？这是当年他提出来的，并且他也会设计论坛。

黄：等于他当义工，做了这个网站。

辫：对。

黄：内容由大家一起去填。

辫：那时虽然没有"绿野"这两个字，但他已经有了 AA 制俱乐部的想法，我也说了我的梦想，就是开一个酒吧。但最后，咳嗽退出了。他和当时的女朋友创办了绿野，他们俩其实是联合创始人，咳嗽当时的女朋友网名叫如妍，这个女孩特别疯狂，1999年、2000年的时候，她已经去到全国各地登山了。这个女孩瘦瘦的，长发披肩，她跟咳嗽是在活动中认识的。

小西天那天晚间聊完，我们就分开了。当我再见到他的时候，是在哪儿呢？绿野最核心的几个人，有一个叫达娃，他很喜欢去西藏，很喜欢拍照片，年纪比我们要大一些。他是牡丹电视机厂电脑室的管理人员，电脑室有几十台电脑。我们那时候很穷，肯定是买不起电脑的，我有很多需要电脑完成的设计，都要到他那里借用电脑。

他也特别热情，我只要一去做设计，就是喝酒聊天，然后就睡在他的电脑工作室里。那个时候，大家在哪儿社交完了，就直接睡在那了，随时随地都可以。有一次，咳嗽和如妍来了。咳嗽说，小辫儿，我真的要干AA制俱乐部了，名字都起好了，叫"绿野论坛"。他给我看那个标志时，直接被我抨击了一番。然后他说，你帮我做得了。我说行啊，这还不是很轻松的事。我帮他做了很有限的一部分设计，因为从标志到论坛，它的体系很难改动。绿野成立后，还在"过客"酒吧办了一场特别盛大的Party。也就搞了这一期，后来的派对就不多了，他们改去宣武门的一家大酒楼。

黄：都各自发展自己的线路去了？

辫：对，并且那时我们的线路也有重叠，我们带队是收钱的，绿野是免费的。后来慢慢地，绿野也分崩离析了，先是分出了绿野org和绿野info，一部分人要坚持最初的AA制理想，一部分人觉得不挣钱持续不下去。说实话，两者我都不是很在乎，只要你有自己的逻辑，两个都可以坚持。AA制可不可以存在？可以。但是当你不能自我循环的时候，那你自己去解决。收费有收费的逻辑，但收费也有挺不下去的时候，不是说收费就肯定能活，商业一定有商业游戏规则的淘汰机制。这两者我都不掺和。再后来，不同观点的人在网上互相骂，哪个论坛火就在哪个论坛骂。

5

黄：绿野后来消失了吗？

辫：没有，现在依然有，并且绿野info和绿野org都在，但是转几次手了，其实也不是当初的绿野了。在"过客"的那次大聚会，如妍没有来。当时聚会的有三五十人，把小屋子挤得满满的，我发现了一个细节，咳嗽经常跟一个叫"瀚海孤帆"的女孩儿坐在一起聊天，当时瀚海孤帆买了一双登山鞋，咳嗽帮她系鞋带。当天晚间我就跟咳嗽讲，你们两个是男女朋友了吧？咳嗽不承认。我说以我的判断，你俩未来一定会在一起。结果一语中的，瀚海孤帆现在是他的夫人，她把自己的名字改成了"瀚海晴帆"。

黄：他们现在在干吗？

辩：具体干什么我不知道，反正咳嗽一直做着跟 IT 有关的工作，瀚海孤帆那个时候就非常能写，她的一些帖子在新浪驴坛和绿野论坛都特别火。他们俩那时在绿野也引发了一场讨论，后来咳嗽毅然决然地割舍掉绿野，不再跟绿野有任何关系，我想其中一定也有一些类似现在网暴的事情。

绿野后来发展到，每周末都有几十个团队出去，人太杂了。人一杂，就容易出现法律纠纷，比如，AA 制出去，如果碰到交通事故，谁来赔付？这些东西是不可控的，理想主义没那么容易坚持。但我觉得大家应该知道这段历史，一个（群）人创造了一件事，怎么能随意就把他忘了呢？所以我要告诉你它的原点，至少记住这个（群）人。

黄：你刚刚还提到新浪驴坛？

辩：对，在绿野前后，还有一个论坛很火，叫新浪驴坛。

黄：后来"驴友"的"驴"，就是从那里来的吗？

辩：其实不是，是我们这群人侃大山侃出来的，说你这个人太驴了，就是你太能走了。它是远飞鸟俱乐部和喜欢背包的这部分人，还有新浪驴坛一些大 V 把它传播开来的。新浪驴坛最早叫新浪旅游论坛……

黄：然后被你们戏称为？

辫：对，被我们戏称为"新浪驴坛"，后来又有了"自虐游"和"腐败游"的说法，也是我们叫开的。从远飞鸟出来后，我们对一些活动做了分类：当你花钱太多了，那就叫腐败游；当你不舍得花钱，并且走得特别远，就叫自虐游。后来火遍大江南北的"狼人杀"游戏，也是我们在北京爨底下村的一次活动中，根据小时候"警察与小偷"的游戏，边玩边修改后推出的。那次的队员中，老 M 和同乡北是新浪驴坛的网红版主，他们回来后写了《月黑风高杀人夜》等热门帖子，"狼人杀"由此演变而来，最后甚至让这个游戏传到了国外。ⁱ

黄："穷游"也是这里延伸出来的吗？

辫：不是，穷游是后来"穷游网"那几个发起人传播开来的，最早的时候我们没有"穷游"的概念，就是自虐游和腐败游。

　　从远飞鸟出来后，为了生存，大家会带几条自己最熟悉的线路，就是成了"野导游"。还是要收点钱，不管收多少，其实也不记账，就是一起出去玩儿，每次活动剩多剩少，或者干脆自己贴点钱，都不在乎。

　　我跟王勇关系特别好，别人都散了后，我们俩还一直干着这事。我做"过客"酒吧时，还专门成立了一家公司，叫"先行文化"，LOGO 就是两个人往前走路的剪影。这些户外活动并没有以"过客"酒吧，而是以"先行文化"的名义去做的。

黄：在哪里发帖子呢?

辫：就在新浪驴坛上发。绿野起来后，我们也用一些巧妙的方式发帖子，那时绿野很忌讳任何商业行为，但一开始，我就认为这种AA制不能走得很长远。

黄：地震了。

辫：哎哟，真是。

黄：正好也很晚了，明天再讲。

辫：明天继续。

第
五
章

成人礼

——第一次进藏骑行

1

黄：聊了一天，终于聊回海雁。

辩：我和海雁其实比较简单，之前如果见过面的话，我完全没有一点印象，我们真正的交集，就是那次张远辉、王勇和我三个人一起带队去辉腾锡勒草原。印象中是坐火车去，坐大巴回来，那种卧铺式的旅游大巴，大家可以躺着睡觉。在草原上，大家一起围在篝火旁聊天，很快，大多数人都爬到帐篷里睡觉了，只有我们五六个人留了下来，其中一个人新买了埙，大家就轮流吹，除了他本人，我们这些吹得都不咋的。

后来我们就围着篝火喝酒，一瓶二锅头，几个人传着喝，每个人抿一口。我记得，后来冷，大家一起披着睡袋，两三个人一条，我跟海雁正好披一条睡袋。我们俩就坐在那儿瞎聊，聊白天骑马什么的。其实白天骑马我观察过，海雁特别猛，她不会骑，但她上去之后就狂奔，也可能是不可控了，最后生生地把她从马上给颠下来了，但她摔下来后还要爬上去骑。反正后来就有好感，海雁那个时候挺与众不同的，她永远都穿裙子，各种不同的长裙子。

黄：她什么样子？胖瘦高矮？

辩：微胖，说话声特别细，没有跟任何人红过脸，不像我，经常跟人争论。她不怎么喝酒，但你要让她喝，她也喝。她现在白头发比较多，就染了，那时候头发有点微黄，永远都梳两条辫子。我观察过她的手，一骨节一骨节的，又特白，就跟藕节一样。又得说我姥姥了，我不是带海雁回家去嘛，姥姥去世前跟我说过："你跟海雁一定能特别幸福，因为我摸过海雁的手，手掌特别厚，很丰满，是一双有福气的手，你一定要跟海雁好好过日子。"她经常穿白裙子，还有一条裙子我特别喜欢，是墨绿色的，但上面全是蓝色的大花纹。反正都是各种长裙子，她一走，风一吹，"哗——哗——哗"，特别好，特别好。

从辉腾锡勒回来的车上她就跟我讲，马上要搬家到白塔寺附近。我说你搬家，我去帮你。那次搬家其实没帮成，我说那我请你吃饭，结果那顿饭还是她请的，她总觉得我是"三无"青年，分文没有，还张口闭口请人吃饭。她那时在一家瑞士的公司上班，每个月大几千甚至上万的收入，反正她那时资金上没啥问题。大家聚会，只要她在，一般都是她请客。现在也是，只要在一起吃饭，不管什么人，什么情况，海雁都是说，你去把账结了。她很会照顾人，特别照顾大家，并且是在很细微的地方。

那次去辉腾格勒草原，我和一个人有过一场争论。当时有一个队员，是公司白领，我目测应该在35岁以上，戴一副金丝边眼镜，白白净净的，用的所有东西都是最好的、干净的，很关注细节。我跟她在去的火车上就产生了一场争论，海雁跟其他几个朋友都在旁边。大家谈到去西藏这件事，她说一定要准备很多钱，所有事情都要考虑充分，尤其是安全，坐飞机也好，自驾也好，一定都要最好的，装备也要最好的。

对那个时候的我们来说，她是整个团队中最有钱的。我说有没有钱不重要，重要的是你想不想，如果没有钱，走路也可以去啊。虽然我当时没有更多的经历，但我觉得钱完全不是问题。她完全不同意，我们两个就争论起来了，争得脸红脖子粗。海雁也知道了，我说不花钱也能去西藏。

黄："过客"从一开始就是你们俩一起打理？

辫：从远飞鸟离开，到"过客"开始，这中间有段时间，就是我第一次骑车去西藏。它不是那么简单的，分手了，大家散伙了，然后就开酒吧。其实，我在远飞鸟的时候就已经埋藏下一颗骑车去西藏的种子，这件事也跟俱乐部的另外两个人有关系，就是王勇和庆波。我提议去西藏，反正也没什么钱，干脆骑自行车去。

黄：感觉跟那次打赌有关。

辫：其实没有直接的关系，不是因为打完赌就振臂一呼去了，跟那次打赌有关系的是什么？确实真没有钱，但，我没钱也能去。后来讲来讲去，一次喝了大酒后，第二天就去买自行车，然后就出发了。

黄：你身边那时有骑长途的朋友吗？

辫：没有。

黄：没有？

辫：没有。

黄：就是脑袋一拍？

辫：对，完全没有准备，也没有任何经验。可能王勇在网上找到了一些简单的攻略，还找了一张全国地图，仔细研究从兰州到拉萨这段路。反正出发前，我们完全没聊过路上的细节，每天都在喝大酒，喝完酒，永远都是说："去他的，管他呢，就走吧！"永远都在鼓劲，大家对细节一无所知，准备什么东西也没弄清楚，反正背包肯定要有，但那个背包又不是自行车的驮包，我们是把自己的背包直接捆巴捆巴，后来想了个什么办法放上去呢？找到一块破木板，先把破木板固定在自行车后架上，再把背包捆在木板上。这样，背包不会掉下来，带子也不会搅到自行车的轮胎里去。防潮垫、睡袋这些是我们熟悉的，但我们在路上其实没搭过帐篷，全是借宿，睡最便宜的招待所，或者武警、道班工人、牧民提供的免费住处。

但是出发前，我们的准备是非常有限的，甚至都没有说具体哪天出发，永远都是，"咱们赶紧走吧，赶紧走吧"。但具体哪天出发，根本不知道。终于有一天，一拍脑袋就上路了。

2

黄：就这样出发了？

辫：对，买了北京去兰州的火车票，背上我们的背包就去了。庆波和王勇说，兰州大学的女孩特别漂亮，如果不去兰州大学看一看漂亮女孩，就等于没来过兰州。结果我们就拎着几瓶啤酒跑到兰州大学对面的马路上，喝着啤酒傻呵呵往那儿看，我也没看出啥。

自行车是在兰州买的，当时找了一家美利达专卖店，我记得自行车花了500块钱，小的打气筒、备胎都买了，头盔也买了，后来每次骑行，我特别坚持要用头盔，保证最基础的安全。反正全部买下来，每辆自行车花的钱是777块，特别好记。

买了自行车，就热气腾腾地上路了。我对骑长途没概念嘛，穿着牛仔裤，绷得很紧，骑车是一紧一松、一紧一松的，加上各种磨腿，前几天特别惨。后来慢慢找到一些方法，其实那条牛仔裤我特别喜欢穿，很有型，后来膝盖的地方完全磨破了，磨得膝盖周围全都飞边儿。那是一条浅白色的裤子，我回北京之前把它扔在阿里了，因为那一趟，生生把整个裤腿磨掉了，原来只是露膝盖，后来干脆变成短裤了。

黄：所以你第一次就骑到了阿里？

辫：不是，你听我慢慢说。刚开始肯定要适应一段时间，但也无所谓，反正每天骑多少算多少，真的特别兴奋，从来没有那么自由过。

黄：但也辛苦啊，感受不到？

辩：没觉得，特别兴奋，特别自由，觉得这就是自己想要的状态。有时甚至中午就来个一两瓶黄河啤酒，喝到很舒服再上路，晚上更是一顿大酒，随便找个撸串儿的摊，大家喝尽兴，顺便总结一下今天骑得怎么样，明天路况如何——这主要是王勇和庆波的活儿，相对我而言，他们还是比较理性的，会看攻略，会分析第二天的情形。我完全不在乎，爱骑到哪儿就骑到哪儿。

中途发生了一件特别重要的事，影响我到现在。从1998年到现在，我不喝啤酒以外的酒，红酒、白酒全不喝，就是打那次旅行来的。

有一天，我们中午才出发，头天喝了顿大酒，第二天睡了个懒觉。结果骑了没多远就遇上瓢泼大雨加冰雹，往前骑的时候，几乎啥都看不见，我们决定不能再往前骑了，太危险，就临时骑到旁边一个道班，当天就在道班过夜，把衣服晾干，然后跟道班工人一起吹牛。

那个道班的名字直到现在我都记得，叫"科学图道班"。这个工区其实离（青海）都兰不远，海子不是经常去都兰嘛，那个地貌就是戈壁滩。这个道班很小，并且它在两个城市之间，一般骑车、徒步、搭车的人不会在这里停留。突然一下逮到三个骑自行车的，并且还是从北京来的，这些道班工人就跟逮到了宠物一样——哇！他们好想知道外面的世界是什么样子的，当天晚间，就把我们三个人摁到酒桌上。

啥菜都没有，就是一盆水煮羊肉，大家就那么简单粗暴地用手抓，顶多用小刀子剔一剔骨头。青稞酒摆了一圈，然后就开始猜拳。他们教给我们一种猜拳方式，特别简单，比如你出2，他也出2，他出3，他出4，假如你坐庄，就从你开始数，前面几个加在一起，数到谁停，谁就喝酒，就这么简单，没有啥你赢我赢的。

你想啊，每次必有一个人喝对吧，如果轮到庄，还得多喝。也不知道是我倒霉还是算错了，连着喝了三四次。反正数到谁，谁就咣一下喝了，哪知道到底算得对不对啊。大家玩高兴的时候，还没等你抓肉，就数到你了，所以醉得非常快。再加上高原，那个地方的海拔应该是三千七八百米，骑车骑得又累，又兴奋，没有菜，还吃不了什么肉……这几点叠加在一起，人马上就完蛋了，喝挂了，挂到什么程度？就是喝得迷迷瞪瞪的，这边还在喝，还在玩，大家给你架出去吐，吐完之后再架回来继续玩，多可怕啊。现在想想，没死在那里都是奇迹。

王勇和庆波比我强一点，因为他们第二天醒来之后，还跟道班工人一起去修路了，我是一直睡到第二天晚上。黄昏的时候，我永远都记得那一刻，我们睡在那种很普通的钢床上，我迷迷糊糊地起来，一睁眼，哎哟，这是天亮还是天黑，天要么马上就亮，要么马上就黑，外面的光线很黄很暗。然后，我一下子就看到对面窗台上摆了一溜儿我们前一晚喝的绿色青稞酒的瓶子，你知道我们喝了多少？二十几瓶那么摆着！我一下子回想起来，哦，我昨天喝酒了。然后，我再也憋不住了，"哇——"一口吐在道班班长的床上。特别尴尬，后来怎么收拾的我不记得了，当天晚间又开始睡，睡到第三天，我们才开始上路。

黄：从此就不喝别的酒了？

辩：从那一刻起。

黄：不是应该只戒青稞酒吗？

辩：其实是戒了有酒精感的酒，闻到酒精味马上就拒绝的那种。

黄：啤酒没有酒精味吗？

辩：多数没有。

黄：它是饮料？

辩：全世界三百多个风格的啤酒，绝大多数是没有酒精感的，大家都不以体现酒精感为主，当你有酒精感，就是缺陷，只有很少量的一些风格强调酒精感。

黄：所以你等于是戒酒了？

辩：对，戒烈酒了，戒了酒精感的酒，后来我只喝啤酒，就是从那一次开始的，也有可能间接导致了后来我做啤酒。

黄：以前你什么酒都喝？

辩：什么酒都喝，尤其是白酒，还有红酒、朗姆酒、威士忌，我都喝。

黄：你也挺胡来的。

辩：所以你就知道，那次喝大了，其实是利大于弊，一下子就把啤酒以外的酒喝伤了，直到现在，一口都不喝，你想，25年了！

黄：完全没有念想？

辩：没有念想，你让我喝，我绝对会拒绝。但只要是啤酒，什么品牌我都不拒绝。

3

黄：你们那次在路上有别的人骑车吗？现在每年夏天，进藏线上都是骑行大军。

辩：好像没有碰到。但现在，川藏公路上连自行车都堵车，前几年在（西藏）邦达，有一家民宿，专门接待骑行的，当天晚上就住了300多人，给我吓死了。

黄：一个夏天得多少人！

辫：但我们三个人并没有一起骑到拉萨，在格尔木就分手了。有几个原因，当然最重要的原因是王勇和庆波有工作，想早一点回北京，他们分析了一下，按我们这种骑法——

黄：很久才能到。

辫：对，很久才能到，关键是还没进入西藏，这才青海，还没翻唐古拉呢，他们觉得这事太不可控了。他们想的是，骑一骑搭个车，骑一骑再搭个车，让回京的时间变得可控。这是我们之间很大的分歧，我就想骑，因为我没有工作，并且我在路上获得了极大的快感，怎么能瞬间就没了呢？我那时性格很执拗，宁折勿弯，我就想一直骑到拉萨，不想搭车。

在格尔木，有天晚间，说咱们也喝个分手酒呗，永远都是一顿大酒。第二天拥抱，告别，他们俩在格尔木搭了一辆车，我现在都记得那一刻，大卡车后面装满了货，用绿色的好像是编织袋的东西包裹着。他们俩把自行车放在最顶上，用绳子把自行车绑好，然后扬尘而去，我自己一个人默默往前骑。好在从兰州到格尔木，这一路算适应了骑行生活，虽然是一个人骑了，但也没太觉得这件事不可控。

黄：其实，一个人上路，这时才开始了真正的旅行。

辫：对。为什么后来我更愿意一个人骑？你不需要照顾别人的作息和情绪，尤其是起居，每天骑多少，在哪儿落脚。我本来就没计划，也不需要听计划，所以一个人骑的时候，才真正是心无旁骛的状态，也意味着你更自由。

黄：真正的自由。

辩：真正的自由。从 2004 年开始，我每年在人民大学讲课，到今年，这堂课整整讲了二十年，一年没有落过，包括新冠肺炎疫情期间。课堂上，我永远跟大家强调一件事：争取一个人旅行。当你一个人旅行，你需要解决一切事情，面对一切境况，这对你的历练、思考，是跟两三个人一起旅行时截然不同的。一个人的时候，晚间吃着饭也好，喝着酒也好，大多数时间都在扪心自问，就是自省，这是旅行中最重要的时刻。

当一个人往前走的时候，我开始找到了一点感觉。一方面，肯定更加自由，另一方面，发现一个人旅行也不像想象得那么难。而且，一个人的时候更容易获得信任、同情和帮助，说起来好像比较功利，但的确如此。在人民大学的课堂上，我经常开玩笑讲，风雨之夜，一个陌生人敲开你的门和五个陌生人敲开你的门，你是什么感觉？就这么简单。

黄：一个是求助，一个像打劫。

辩：这是我在旅行中非常简单朴素的观察和思考。后来一步一步发现，原来一个人旅行这么美好。就是在这段路上，我闪过了"过客"这个名字的念头。

有天早晨起来，骑着自行车继续向拉萨方向前进，走过一个村镇的时候，突然发现旁边有一个人，是一个地摊摊主，正摆着他的小东西在卖。这个地摊毫无特色，无非鞋垫等生活用品，可能每样东西一两块钱。骑过他的时候，我认认真真看了他一眼，他也抬头看了我一眼，就在我们目光交集的那一刻，我突然有种感觉：我永远不会再见到这个人了。他在做着自己的小生意，我在向着自己的目标前行，我们彼此之间，就是纯纯粹粹的过客，除了这一刻的目光相交，我们永远不会再见。

晚间写日记的时候，我把"过客"两个字记了下来，那时肯定不会想到，未来我会开一个酒吧叫"过客"，但这两个字和这个感觉，给了我极强的震撼。后来和无数人的无数次擦肩而过，我都会意识到这是我们最后一次相见。后来，我给海雁的汉显BP机留言："我想开一个酒吧，名字叫过客。"她马上给我回电话说："我们一起开吧，我太喜欢这个名字了。"这就是海雁。

说回到路上。我一个人继续闷头往前骑，终于有一天，翻过了唐古拉山！那天翻山肯定特别特别艰难，是这段旅行中最难的一天。你想，海拔5200米，所有人都是谈唐古拉色变。那时，唐古拉是横在我们心中的一个巨大屏障，王勇和庆波还在时，我们三个每天都在聊：怎么翻唐古拉？到底能不能翻过去？过去没有骑车翻过这么大一座山的。

一个人终于翻过去了！路上有那么多人鼓励，司机、游客，不断向你伸出大拇指，对你说"加油！"非常艰难地翻过去之后，第一次享受下坡的快感。后来再骑川藏线，基本上每天都要翻一座山。如果总结川藏线，就是每天都用一天的时间翻山，然后用最后一个小时下山。但在青藏线上，唐古拉是最大的一座山，又是我骑行路上的第一座山，那种感觉完全不一样。

翻过去之后，还有一座小唐古拉山，途中有个工区，两个藏族大姐请我住在工区里。她们给我做手抓肉，屋子里有录音机，放的磁带全是跑调的，有的是汉语流行歌曲，有的是藏族歌手唱的。哇，那种感觉太棒了！你想，经过一天的努力，翻过你心中最大的一座屏障，终于进到心中的西藏，人是那么的和气，对你那么好奇，又那么友好。

其实条件很差，她们把小蜡烛没用完的根部收集在一起，然后用小锅把那些蜡融化，再一起倒进青稞酒的空酒瓶里，最后把青稞酒瓶敲碎，就出来一个和青稞酒瓶形状一样的大蜡烛，晚上她们就点这样的蜡烛。就着这样的蜡烛，大家在一起吃手抓肉，虽然语言不通，但完全不影响彼此的情感。她们永远在给你添肉，永远在给你添酥油茶，你就一直吃，一直吃。哎呀，那种感觉，太感动了。

当时有一个小女孩，叫卓玛，年龄和感觉都跟你家小孩特别像，特别热情，大声地说话，大声地笑，那种愉悦！她对外面充满好奇，永远都是咬着手指问你各种问题，你回答的时候，她就目不转睛地盯着你的眼睛。你会觉得，她从你眼睛里能看到你说的那些景象。那个生活太田园，太诗意了，觉得一辈子这么过也挺好。

当天晚间睡得也很舒服，都是那种藏式的大毡子。工区是没有床的，就是沙发，既用来睡觉，也用来喝茶吃饭，都在一个空间里。我到哪儿都睡我那个睡袋，不用她们的被子，不是嫌脏（我自己足够脏兮兮），而是，睡袋已经足够了，也不需要麻烦人家铺被子。

早晨起来，哇，她们已经默默地把你壶里的凉水倒掉，换成新烧的开水。又炸了一大包藏式的果子、油饼，用几层塑料布包好，再用小绳子、皮筋捆好，外面还包了一层更大、更厚的塑料布，包好后塞到你包里。

有几只野狗徘徊在旁边，小卓玛一个人拿石头把野狗赶跑，那么小的孩子！两个大姐，一个孩子，你要怎么说？就默默地跟她们道别呗。刚开始还是一路不回头地骑，当我骑了差不多二十分钟后，一回头，一家人还在原地招手。唉！后来经常梦到那个场景，那条河，两旁的山势和草甸，全都很清晰。

转过山口那一刻，我的眼睛湿润了，那一刻你被感动了，也变得更坚强了。这些无私帮助你的人，会成为你身上的能量。甚至，为了不让他们失望，也要一直骑下去。其实，这已经不是你一个人的梦想，也不是你以一己之力完成的，是所有人一起完成了所有人的梦想。更多的，是他们点点滴滴的给予帮你完成的。

黄：最后你的领悟是这样。

辩：我受的帮助实在太多了。

4

黄：啊，感动，我们每个人身上都注入了千万条他人的溪流。

辩：这是旅途中特别浓重的一笔。当天骑了70多公里，住在二道沟一户人家的水泥地上，当时那房子还没完工，所以也不收我钱。我把防潮垫一铺，睡袋一摊，就睡了。第二天起来，在一个陕西人开的面馆吃了碗面就出发了。

由于天气热，我就把羽绒服脱下来了。那个羽绒服我特别喜欢穿，胸前是一个斗牛犬的图案，肚子前有个袋子，还有阴阳扣可以扣上。我把最珍贵的东西全放在了衣服肚子前的袋子里，就跟袋鼠一样，再把羽绒服绑在自行车后座的背包上，就这么往前骑。沱沱河前后那段109国道正好在修路，全是砂石路，那种砂石路有什么不好呢？

黄：颠簸。

辩：颠簸。因为颠簸，骑起来就很费力，这种费力又导致你对声音不敏感，因为轮胎和地面的摩擦力很大，衣服掉了也不知道。我的羽绒服就在那儿掉了，里边有两千多块钱啊！

黄：巨款。

辩：1998年啊，而且我的计划是从西藏绕道新疆再回北京。

黄：都是骑行？

辫：出发前没想好，能骑就骑，我没有计划，对骑车旅行也没有概念，每天骑多少公里不知道，到底能不能适应也不知道，但有一个坚定的目标：能走多远走多远。印象中，我买了自行车之后还有两千多块钱，我姐的男朋友在工行工作，还给我办了张卡。

黄：牡丹卡。

辫：牡丹金卡，可以透支的，我不太会用，但是万一呢，关键时刻可以帮上。而且，身份证也在那里，总之，所有重要的东西都放在一起了。

我自己并不知道衣服掉了，就一直往前骑，骑到都快看到沱沱河了，一辆大卡车从旁经过，司机从驾驶室探出头来冲我喊道："小伙子，你包掉了。"啊，包掉了？回头一看，包没掉，捆得死死的，但羽绒服掉了。

黄：他看到在路边了？

辫：对。当时还没意识到这有多么重要，但一看衣服掉了，就下意识地往回骑嘛。既然他路过我掉包的地方，那意味着肯定很近，至少不远，就往回骑。越骑，心里越没底。你想啊，青藏公路旁又没树木，啥都没有，一望无际的高原，一眼就能看到十公里之外，可是怎么往回骑都没看到，翻过一座小坡，没有，再翻一座小坡，还是没有……因为翻一座小坡，在坡上就可以看到坡下。哎呀完蛋了，所有的钱、银行卡、身份证，全在那个衣服里！

当意识到可能找不到衣服了这一刻，脑子一下子就爆炸了，估计那时我的脸都胀了一圈，就想，啥都没有了，怎么办？不行不行，一定要找。又开始往前骑，越骑越可怕，天马上黑了，也没找到衣服。当时那种感觉是什么？真的是天塌下来了！我把自行车往旁边沟里一扔，就哇哇大哭起来，用拳头捶打地面，骂自己傻×，也想呼唤苍天啊大地啊……那一刻的记忆太深了，最后捶得手指缝里全都是沙，也没感觉到疼，整个人完全崩溃了。

黄：人生就这一次吧，这种哭法？

辫：对，就那一次，真的是号啕大哭，撕心裂肺地喊，完全不能接受自己干出这么二的事情，然后……

黄：天色又暗下来了。

辫：崩溃之后肯定是冷静嘛，你得分析，天快黑了，怎么办呢？摆在你面前的就两条路，特简单，你不能上天，不能入地，也不能就死在这儿算了。

黄：往前走还是往回走。

辫：对啊，就这两条路，其实就一条路，这一点我特别清楚。

黄：只能往前走。

辫：只能往前走。但是，当天晚间怎么往前走？我大概有一个判断，然后选择了在路边搭车，往二道沟方向搭车，还是有最后一线希望，想看看有没有可能找到衣服。最后我拦了一辆西安人的车，司机停下来，我和他解释了事情的经过，请他把我搭到二道沟，就是我早晨出发的地方。就边走边看着路边，看能不能捡到我的衣服。印象中，那个司机好像没提钱不钱的事，反正我也不可能付钱，因为没钱嘛，最后到了二道沟也没看到衣服。你想，一天之内，早晨出发的景象和晚上回来的景象……

黄："死"过一回了。

辩：回到二道沟可狼狈了，啥都没有，没钱，没衣服，那里早晚很凉的。我披着睡袋，抱着最后一丝希望，挨个去问路边那些大车司机，只要看到司机就问，你有没有捡到一件黑色羽绒服？我是这么讲的："里边有钱，钱你都留下，我一分钱都不要，衣服和身份证给我就行。"转了一圈，没人看到。

二道沟就两条街，两边都是饭馆，我又披着睡袋把所有饭馆里的司机问了个遍，还是没有。我又进了早晨吃面的那家陕西饭馆，老板一看，呦，你没走啊？我说我都快到沱沱河了，但身上的衣服和衣服里的东西丢了，现在连吃饭的钱都没有。老板一听说，哎哟，天这么冷，你又披着睡袋，坐下来我给你做碗面吃。

黄：披着睡袋在街头走，那是什么场景……

辩：他就免费给我做了碗面。做面的时候，旁边坐了一大桌子武警部队的小战士，也在吃面。其他人都问得差不多了，我也过去问这些武警。我跟他们讲，我所有的钱、身份证、信用卡，全在这个衣服里，丢了衣服，我就是彻彻底底的穷光蛋了，晚上都不知道住哪儿。一个小战士跟我讲："你把自行车放到我们的翻斗车里，再看看谁的驾驶室空着，跟他说一声，先搭车到我们连部，我们有帐篷（他们是修路的武警，住处不固定，没有那种道班式的房子），我们首长特别好，你去问问首长，首长同意的话，就住在我们帐篷里，至少不会风餐露宿，要不然，夜里会把你冻死。"

因为吃这碗面结识了他们，这个连部正好在沱沱河方向，那不又省骑一点嘛，我都已经骑过两遍了。当天晚上他们就把我拉到了连部，领导是政委，我话还没说完呢，政委就说，哎呀没事，这种事我见多了，帐篷里的床都是我们小战士的，有时他们回不来就空着，你就住吧。还有几个小战士听说我的事后，专门跑过来安慰我。政委又给我拿了一件修路武警穿的小棉袄，上面全是煤油、灰尘。那个棉袄比我的码子小一号，所有地方都短，脖子也短，穿进去后，感觉罩了个紧箍咒在身上，外边全是油，那也比没有强啊。还有个小战士给我一条秋裤，那种绿色的军用秋裤，后来我穿到了阿里去，最后牛仔裤扔了后，我就一直穿着这条秋裤。

那天晚上，我真是美美地睡了一觉，里边都是炉子嘛，特别暖和。当天晚间我就做梦，没钱之后人的思绪很乱，一晚上都在做梦。第二天起来，他们已经做了早餐，粥、咸菜，吃完之后就跟他们道别。小战士那种热情，簇拥着给你送到公路上，这边帮你推着车，那边又给你装几个馒头，还告诉你，下一站是哪个武警支部或者连队，有问题你去找谁谁谁。然后我就一个人又往前骑了，这一刻的心情就没以前那么惬意了，第一次碰到完全没钱的情况。

黄：只有这种人烟稀少的地方，人才会对人这么好，在人海里，都是互相防着。

辩：对啊，之后无数次发生这样的事。而此刻，你是一个彻彻底底的穷光蛋，连证明身份的证件都没有。就是，你已经到底了，还有什么可怕的？光脚的不怕穿鞋的，那就彻底放飞自我。我后来对人生的思考，对家庭的思考，以及对生意的判断，大部分都源于这次旅行。看上去，你丢了所有的东西，其实你是获得了一笔巨大的人生财富。

黄：我们极少有那样的时刻，一生都在积攒安全感，尽量不丢失任何东西。

辩：我意识到了生活和生存的区别。从那一刻开始，我是为生存而战，而不是生活。首先，没有钱买吃的东西，怎么办？

黄：卖可怜。

辩："卖可怜"确实是你必须要做的事，但同时，有一个强烈的意识在反复提醒我自己，我是有尊严的。当我跟你提需求的时候，尽量交换，而不是单方面地索取，后来衍生出什么呢……

黄：给他们画画？

辩：当我到一个饭馆的时候，我会观察小镇上最破的饭馆，尤其是"欢迎光临"那几个字都烂了的地方，进去直接跟老板说，我是美术学院毕业的，你那个牌子都烂了，我帮你重新写一个，你给我一碗面条就行。或者碰到卡车司机，我帮他搬东西，请我吃碗面条就行。我不需要你付我钱，但我也不白吃，这是我最起码的尊严。所以，你能理解那一刻对我的启示吗？卖惨是肯定的，不得不卖惨，但卖惨也要有尊严。我也捡吃的，当我捡不到吃的怎么办？只能去索取，但我不想单方面地索取，尽量创造一种交换的机会。所以我的"要饭"是打引号的，并不是真要饭，我会用我的双手去换取。

5

黄：捡吃的是怎么回事？

辩：捡东西那就太日常了，昨天你让我吃水果，我一下子就想到当时的场景。我最喜欢吃的不是水果，而是西红柿，我在大学里吃西红柿是全系有名的，他们管我叫"西红柿狂"，经常中午咔嚓咔嚓两三个西红柿吃完。

当时在路上，确实不太可能吃到各种水果，青藏公路上，水果是很珍贵的东西，连菜也很少，但是我有一种强烈的对维生素C的渴求。路过的大巴上，经常飞出来一块吃完的西瓜皮，而它在空中的抛物线绝对在我视线的控制范围内——

黄：司机吃完了西瓜，把西瓜皮扔出来？

辩：不仅是司机，长途大巴上好多人，都是吃完之后直接从车窗里扔出来，黄河蜜（哈密瓜的一种）和西瓜的皮是最容易得到的。大家啃巴啃巴，然后扔出来，我马上用水冲一冲上面的沙土，拿刀削一削，弄一弄，然后吃剩下的部分，那时每天都盼望着从车里飞出个东西来。还有种情况，小镇旁边有小的批发市场，里边有扔掉的烂水果，拿小刀削巴削巴，没烂的部分还可以吃。这些不用求人，不需要卖惨，换句话说，那个时候你不在乎任何人的目光。

黄：那是人生最珍贵的时候。

辩：是。

黄：经过那样的阶段，还有什么能把你打倒？

辩：对啊。

黄：而且，你的价值观会转变。

辩：对啊。

黄：其实，这有什么呢？

辫：对啊。无非就是为了那口饭，为了活着而已嘛。

黄：我采访的人中，有一个攀岩的女生，有一个在美国研究汉学的老头，他们都捡过垃圾堆里的食物。从此，每次要扔食物，我都会用干净的袋子装好，放在一个干净的地方。你 26 岁经历这些，真是"大富翁"。那样的经历，会让一个人快速成长。

辫：对，就是置之死地而后生。那个时候觉得自己踩了一个很大的坑，但越来越发现，那是一笔巨大的财富，所谓人生的得失，不是那么容易界定的。

黄：今天晚上，一定要把你的故事讲给我的孩子听。不管作为父母还是自己，当困难来临，就应该拥抱。

辫：确实也不得不拥抱。

黄：你会越挫越勇。

辫：对，越挫越勇，并且越走越远，越走越深。现在回想起那段经历，太多难忘的事了。我穿着这件小棉袄骑到了沱沱河，再往前骑，一路得到很多帮助。我一直在课堂上讲，一定要抱有一份憧憬，好人永远更多。这一路，比如骑到中午，饿了，看到一顶帐篷，有位大姐在那儿给修路的工人做饭，我就跟她讲，我要骑到拉萨去，前几天衣服丢了，现在很饿，能不能吃点东西？她直接给你拿上两个馒头，还说，那些修路的人快回来吃午饭了，你要愿意，就跟他们一起吃。我说不行，我要赶路。就几句话，大家没什么交集，永远也不再相见，但她会帮助你。

黄：你和他们也是过客。

辩：后来的"过客"酒吧，我更喜欢它的英文名字，Pass By，是海雁的一个闺密罗曼翻译的。Pass by 是一种状态，它不是名词，"过客"直译的话，是 Passer，过路人，我不是过路人，我是在路过的过程中。

黄：就是在路上。

辩：对啊，在路上，我们活着也是，只要没死，就在过程中。pass by 是一个过程，不是结果，我不是走过去的人，我是正在走的人。

黄：我还采访过一个人，上海一个酒吧"三天"（昨天、今天、明天）的老板，他说，人只要活着，谁不在路上？

辩：我也是这种感觉。其实更有趣的事发生在这之后，因为没有钱，每天从早到晚三顿饭的基本需求，你都需要想办法解决，要与人打交道，慢慢地也会改变你自己。到后来，我对他人的各种反应都变得越来越敏感，要随时观察嘛。

黄：互动、回应。

辩：对，当你看到一个馒头，你要用自己的全部去打动他，以此获得一点最基础的生存物资。

黄：没有钱这个中间媒介，你越走越淡定，其中的心境是怎样转变的？

辫：最初有点难，但是慢慢地，我已经变得游刃有余了。当到达拉萨那一刻，我觉得自己好像获得了《九阴真经》的赋能，甚至有一个膨胀的想法：理论上，可以按照这种方式走遍全世界。后来我又继续走到阿里、新疆，最终回到北京，更是确认了这一点：可以不花一分钱走遍全世界。所以后来，我不是每天赶路，而是有些享受了。

黄：体验。

辫：对，体验和享受。基础生存问题的解决，你已经获得了某种方法论，不用特别花精力去获得一顿饭、一晚住宿，随遇而安就可以了。我甚至快到拉萨前在堆龙德庆停留了两天，只因为听说堆龙德庆的糌粑是全藏区最好的，就去了。

黄：开始物色起目的地来了。

辫：对，都开始有追求了，虽然兜里空空如也，但已经在没有钱的情况下开始有"生活"的感觉了。路过那曲时，我甚至专门骑车去了纳木错，我开始享受旅途。

　　途中，我还获得了两笔大的资助，第一笔是200多块钱，在那曲获得的。那曲是进藏路上最大的一个补给点，我也了解到，大部分那曲的援藏干部来自内地,我就去援藏干部集中的政府部门找他们,我说你需要什么工作我可以做,你给我发工资,或者管吃饭、住宿,都行。政府部门这一类机构,你不可能直接推着自行车就跑到大堂里说要帮忙,先要去说服门卫。越大的机构,下边这些人越不容易沟通,他不像修路的武警那样,会跟你直接产生关系,这些人就是拦你的。

黄:他变成了一个身份而不是具体的个人。

辩:对啊,说服门卫是特别难的,比说服一个领导更难。当时我说服他进去帮我找一个援藏干部,正好赶上中午饭,援藏干部直接就"来来来,把自行车停这儿,马上开饭了,你先进来吃完饭再说"。然后就边吃饭边聊,聊完他说,你这个事我知道了,你就踏踏实实在这儿住一晚上,洗个澡,明天踏踏实实吃顿饭再上路。走的时候,他给了我钱,这是我在丢了衣服之后第一次收到钱。太珍贵了,至少心里有点底了。后来到拉萨之后,我拿着他给的钱买了一块相机的锂电池,还挺贵的,七八十块钱一块,但这个比我花钱换几顿饭更重要。

第二天,我从那曲骑到了当雄,也找到当地的援藏干部,最后到了纳木错。去纳木错之前,援藏干部说,你如果当天回不来,可以找谁谁谁帮助,从纳木错回来,你如果愿意在当雄住一段时间也可以,不愿意住的话就走。后来我没有在纳木错找人,不愿意太麻烦别人。

在一个黄昏,我骑到了拉萨,骑到了布达拉宫前的广场,非常兴奋地自拍，也请人帮我拍照，虽然还不知道当天晚上住在哪里，但不影响当时的激动。后来很多人问我旅行的感受，我都说，我并不关心美景，我特别关心人。

黄：你和王勇、庆波他们经历的，并不是同一趟旅行，你的旅行，是在他们走了后才开始的。

辩：对，当一个人开始旅行，那是真的旅行。

6

黄：在拉萨的流浪是怎么展开的？

辩：刚才说到，激动之余，其实都不知道当天晚上住在哪儿。这时，我又下意识地想到，先找电影公司。但是，大城市的电影公司没有小地方那么热情。

黄：拉萨还是国际都市。

辩：是啊。最后，通过辗转的联系，我找到了一个鲁迅美术学院毕业的画家，在拉萨教西藏大学的学生画画。他成立了一个画班，虽然就几个学生，但在拉萨也做得风生水起。我现在想不起他的名字来了，但他的形象跃入我脑海。这哥们儿留着胡子，披肩发，稍微有一点卷，瘦瘦的，个子不高，经常穿一件牛仔风衣，几乎天天都穿。我是第一次见到牛仔的风衣，直到现在，我对他的印象都是穿着牛仔风衣。他好像在财政局里教课，一个学生免费给他提供的小房子，也就 20 平方米左右吧，几乎没什么家具，一进去就是床，其实不是床，是铺在地上的床垫。那天晚上我辗转找到了他，就睡在他那了，反正我也有睡袋，就睡在一个角落里。

在拉萨的绝大部分时间，我都在他这儿蹭吃蹭住。财政局有食堂，他也有饭卡，价格很便宜。可能某种程度上，我感动了他，他也是性情中人，说你在我这儿吃住就完了，我们还能一起聊画画。他其实生活并不富裕，他自己已经是寄人篱下了，还要收留我。

他的画尺寸不大，都是布达拉宫、冈仁波齐这一类好卖的内容，画完后，他要去布达拉宫广场周围摆地摊卖。当然他还有另外一笔收入，就是他办的画班，大部分学生都来自西藏大学，他其实是把原来在美术学院办画班的模式搬到了拉萨。

我们那段时间过得真挺好的，他的学生还经常请客，一请客就把我拉上。他在拉萨有了自己相对稳定的小圈子，我在拉萨那段时间，大部分时间都是跟他蹭下来的。但我是不可能安分下来的，我一方面帮他卖画，一方面也想办法帮他联系其他资源。在这个过程中，我认识了一个叫"驻藏小二"的人，后来每次去拉萨都投奔他。

黄：就叫驻藏小二？

辩：对。我到处帮鲁迅美院那哥们儿找画廊，布达拉宫脚下有很多小店铺，卖唐卡，卖画，卖佛教用品，烟火气很足。我在无意中进了一个年轻人的小画廊，主人瘦瘦的，高高的，戴藏式礼帽，看到我梳着长长的大辫子，破破的，穷穷的。聊了几句后，发现我们三观很像，他当即就决定："你这两天没什么事的话，我们就一起玩吧，我带你去几个地方。"

有一个本地人喜欢去但游客不去的地方，就是药王山，山上有很多刻玛尼经文的匠人，他带我去了。我们一起厮混了几天，后来每次骑行，只要骑到拉萨，都奔着小二去。甚至于，有时候彻夜和他打麻将，第二天一早就往尼泊尔骑，就是这种关系。他让我觉得在拉萨有了一个据点。他认识我早于认识他现在的夫人林雪，他们俩在拉萨影响力很大，但那时他还没认识林雪。我们俩甚至有些惺惺相惜的情感，所以在拉萨的那段时间，我并没有因为没有钱而觉得窘迫。

但拉萨对我来说是混日子，我不想去景点，还是想走，因为我有一种强烈的愿望：去阿里。其实在北京时，我看了马丽华老师的一本书，叫……

黄：《西行阿里》？

辩：不是，《走过西藏》，厚厚的一本。其实我去拉萨，去西藏，精神支柱就是这本书。并且，我到拉萨后真的去找马丽华了，现在我们是忘年交。我去找马丽华的时候，知道她是西藏文联的副主席，住在西藏文联的家属院里。在拉萨待了几天，我就去文联大院找她了。也是一个晚上，敲门，正好马老师在，也是门卫透露的，说马老师住在一个藏式小院。门开了，招呼我进去，虽然不熟，但我把骑车来西藏的事，我的窘迫，都跟马老师说了。马老师说，你现在碰到什么困难，我能不能帮你做点啥？我说别的都不需要，我不需要钱，但我想去阿里，我从你书里知道，阿里有个群众艺术馆，那里有个艺术家叫韩兴刚。

黄：我采访过他。

辫：我要找这个人，因为韩兴刚在研究古格王国遗址，我强烈地想去找他，你能不能和他说一声，就说我会去找他。另外，如果你有不需要的防寒的衣服，可以给我。她给了我两件东西，一件羽绒的摄影背心，浅蓝色，又有点荧光绿，里面是红色，全是兜，我记得非常清楚，这个太好了，又能装东西又能御寒。又送给我一件她的毛衣。那是初次相识，彼此都是陌生的，很唐突。

后来又一次骑到拉萨，她通过我拉萨的朋友知道了，赶紧找到我："小辫儿你赶紧来，我做西藏网页的设计需要你帮忙。"走的时候，给了我一个信封，里面装着几百块钱，我就靠这几百块钱回到了北京，这是另一次旅行。后来我们有很多交集，我对藏北、阿里的最初印象，全是从她书里来的。

黄：有一本很重要的书，葛吉夫写的，《与奇人相遇》，你的旅行和那个很像。

辩：是吧?

黄：然后就朝着阿里前进?

辩：不不不,先在拉萨稍过渡了一下。为了再往前走,需要做各种准备。首先,我需要找车,那时去阿里并不容易。我当时想的是,如果不能直接去阿里,那就一步一步靠打工去,至于需要多长时间,我没有计算。

我找到一家四川人开的公司,是做寺院墙面装修的,先铺泥,外侧再用涂料上色,白色或者藏红色。公司离阿里驻拉萨办事处特别近,有一个很大的库房存水泥和涂料,我就在这里打工。老板特别热情,也特别开放,我跟他们一起吃,一起住。有一次,他们给我传递了一个很重要的信息:你不是要去阿里吗,我们在日喀则有一个寺庙工程,会做一段时间。日喀则在从拉萨到阿里的途中,你可以先和我们到那里,再找机会搭车。我特意问他,做这个工作多少钱?他说师傅21块钱一平方米,你是7块钱。

黄：就是抹墙吗?

辩：抹墙。我对价格记得很清楚,因为他说,你就是做一些基础工作,师傅是在你的基础之上刷涂料。我一听,还有钱,还能搭车到日喀则,太愉快了,从此就特别期待着去日喀则干活。

但在拉萨等待的这段时间,我也一直没有放弃。阿里驻拉萨办事处也是一个招待所,有两三层楼。我从拉萨的背包客那里得知，能在那里找到一些从拉萨返回阿里的空车，可以搭他们的车，我就经常去那里打听消息。

跟招待所的前台混迹了一段时间后，知道招待所里住着两位司机，他们从阿里的狮泉河镇拉藏式家具来拉萨，可能三四天后回阿里。我特意去找这两个司机。在一个大通铺里，一间大屋子30张床，两个司机就住那儿。我说你们什么时候回去，能不能搭我去阿里，我现在没钱。两个司机都是藏族，他说这种情况我们不会拉你，我们拉一个人是300块钱。我一听，300块！简直是天价。

之后就每天去找他们，只要有时间就去，一点点磨他们。他们其实也就是在等着回去，中间也没事，大部分时间都是在招待所里喝喝茶、喝喝酒，但他们口气很坚定：你不买票我们没法拉你。但是，最后他们问我，你有身份证吗？你有边防通行证吗？没有的话，绝对不可以。我说没有身份证，但我可以想办法办边防通行证。我就在北京和老家两个地方都申请了，但各种拖延，直到最后上路也没拿到。

因为我经常去前台，前台的人已经非常熟悉我了，也告诉了我两个司机出发的准确时间。两个司机从来没有答应过我，因为我没钱嘛。当我得知他们马上就要起程的时候，心里特别紧张，那个时候正好阿里地区发大水，好多路、桥、涵洞都被冲垮了，所以坐其他车基本没有机会，只能搭他们的车。

黄：这是1998年是吗？

辩：1998 年。

黄：那一年感觉全国都在发洪水。

辩：对，其实我到拉萨途中，好多地方都在发大水，我住在道班的时候，后半夜还跟道班工人开着挖掘机去抢修公路。总之，此刻我强烈地想去阿里，所以我做了一件特别决绝的事，你知道我干了件什么事吗？

黄：带上所有行囊直接上车？

辩：头天晚上，我把防潮垫铺在他们汽车前边的空地上，我睡在睡袋里。第二天早晨一打大灯，如果你不搭上我，就从我身上压过去。

黄：他们也没见过这样执着到混不吝的。

辩：我之前跟他们沟通了很多次，他们都没答应我。

黄：可能也是受语言限制，无法讲更多。

辩：对。而且，我在拉萨把自行车卖了。我把车推到二手车市场去，结果别人连 100 块钱都不给，就给你几十块钱，我就不同意。首先这个车很新，从兰州到格尔木，也就骑了二十天左右，格尔木再骑到拉萨，不到两周。而且这个车也没摔，没磕碰，洗干净后，就是一辆崭新的车，100 块钱都卖不到？一气之下，我把它推到西藏大学里，挨个儿去留学生宿舍楼敲门，敲完门就问，要不要买这辆自行车？

黄：用你蹩脚的英语。

辩：后来买我车的并不是外国人，是一个亚裔。他花了 500 块钱，几乎是原价买了我这辆车，作为回报，我把所有配件都送给他了。

黄：所以你去那个地方睡之前，已经有路费了。

辩：是的。再加上之前那曲援藏干部给了我一两百块钱，当雄的援藏干部也给了我一两百块，而且四川那家装修公司还给了我 300 块钱的工资，虽然实际上该付我四五百块钱，但我不在乎。这样，除去拉萨的开支，我兜里还是有几百块钱的，所以我愿意花这笔"巨款"走得更远。

7

黄：然后呢？

辩：那天早上，天蒙蒙亮的时候，两个司机就出来了。

黄：吓一跳。

辫：对。他们知道我没有身份证，但愿意给他们钱。他们说，如果碰到边防武警，你是很有可能被遣返的，你要是被遣返，我们是不负责的。我说没关系，一切我来负责。就这样，他们允许我搭车，我马上清醒了，猛地蹦起来，收拾好东西，包上我的睡袋、防潮垫，跟他们一起把家具搬到车上，再用绳子捆好，我们就是一个群体了。

他们其实可以搭两三个人，但只搭了我一个，为什么？他们其实不太在乎。我们三个人就上路了，特别爽，我坐了司机旁边两个人的座位。两个司机是换着开的，这个司机开的时候，另一个司机就躺在后座上睡觉休息。一路上，我们经常停下来修修补补，司机把前面发动机的车盖一打开，就撅着屁股趴在那儿修车。后来他说，这个油不行，里边都是杂质。正常情况下，一辆丰田车开到阿里，就算最差的路况，两天一夜也开到了，但我们开了三天两夜，就跟大篷车一样，走走停停，走走停停。而且藏族司机是这样，有的时候开开开，开到一个地方，"路边这个帐篷我认识"，停下来，跑过去喝茶了。关键是，我们走了一条绝大多数人都不走的路，从日喀则过拉孜，有一条路，直直地穿过北边，其实是后来的阿里中线和北线。

黄：对。

辫：但正常的路是应该经过冈仁波齐的，就是 219 国道。

黄：因为那条线不要边防证？

辫：要边防证，好多地方都要边防证，但一方面，我晓之以理，动之以情，还有一个，两个司机来往拉萨很久，他们就是来回拉货的，有自己的方式方法，反正最后，没有边防证也过去了。这一路上，他们喝茶也好，吃饭也好，其实都是随随便便的……

黄：一起来？
辫：对，他们不请我一起吃饭的时候，我都在吃压缩饼干，是在拉萨批发市场买的过期压缩饼干，很便宜，一箱子也就几十块钱，我一路上都吃那个。但是三天两夜我都很兴奋，因为我们没有走常规路线。

黄：但是看不到冈仁波齐了。
辫：对，但那个时候我并不特别在乎冈仁波齐，只在乎去阿里。其实西藏已经超乎我的想象了，而阿里地区，那个时候几乎没人描述，我只能从马丽华老师的书里获得一些信息，只知道那个地方很荒凉，到处都是象雄王国的遗址，还有骷髅洞，要找到尸骨、盔甲是很容易的。我对书里写的这些事记忆特别深刻，我就要去找那个地方。反正这三天两夜，我跟他们是这么商定的：你们晚上该住哪儿住哪儿，不管旅馆还是帐篷。

黄："我只睡车上。"
辫：对，我睡车上给你们看着车，所以我晚上都是套着睡袋在驾驶室里度过的，他们也很放心，毕竟有人在车里，这也是一种交换。后来他们吃饭都叫上我，其实多一个人，对他们来讲无所谓。他们好多时候都直接把车开到一顶黑帐篷边，黑帐篷里的都是他们朋友。我后来发现，我的存在也是他们一个很有趣的话题。我们语言不通，他们跟那些牧民朋友喝茶的时候，经常对我指指点点，大家都好奇地看着我，我也是他们的一个谈资。就这样一路到了阿里地区的首府狮泉河，当我看到"狮泉河"那个牌子的时候，就把300块钱付给了他们，他们没有进到城里，直接从一条岔路走了，去什么地方我也不知道。我就背着我的包，徒步走到狮泉河镇上。后来过了很久，镇上才设红绿灯，那时最大的十字路口还没有红绿灯呢。

黄：其实也不需要。

辩：对。在那之前，我看了很多美国西部牛仔的电影，到了狮泉河一看，这不和电影里一模一样吗？在那个唯一的十字路口，有录像厅，旁边有小饭馆，所有来吃饭的人，你都觉得他是一个土匪，或者曾经是土匪，穿得破破的，脸上有一道刀疤，大家彼此没有表情，该吃饭吃饭，吃了饭马上就走。所有这些，完全是电影里西部牛仔般的存在。

黄：边镇。

辩：对，边陲。你跟人说话，跟之前路过的那些地方不一样，他们对你根本没有热情，只说："干吗？""吃饭！"然后掏钱。完全不像之前骑行途中那些热心的人们，没有，你也拿不出什么跟他交换。

黄：虽然是边陲，其实是地方商业中心所在，是按商业规则在运行。

辩：你想在这里随便就换得一碗面、一碗饭，根本不可能。所以我开始强烈地想找到韩兴刚，他是群众艺术馆的馆长，我就跑到那里去找他。到了那个地方，知道韩兴刚并不在阿里，他们给我提供了几个不同的版本：韩兴刚可能在新疆，他老家在新疆；也可能去北京了，或者去拉萨了，或者根本就不确定他去哪儿了，没有一个人给我一个确切的答案。但是，我获得了一个重要信息：我可以投奔韩兴刚的朋友刘世强。

当时大家给我提供的信息是，刘世强是一个北京人，在阿里待了至少十年。阿里地区很大，相当于两个广东省的面积，但只有两个律师，一个藏族律师，另一个汉族律师，就是他。

黄：那里大多纠纷不依赖现代法律，有当地的处理方式。

辩：他们还告诉我，韩兴刚和他夫人在阿里那个大十字路口开了一家录像厅。我先去找刘世强的律师事务所，在一个政府机关的宿舍里找到了。他根本不像一个北京人，就是一个西部的汉子，方形脸、小胡子、很黑、头发自然卷、大眼睛、浓眉毛。他穿一件白衬衫和蓝色西服，典型公务员的着装，但不系扣，很松散。

他大手一挥："直接住我宿舍吧，就在这后边，还可以随时去我的录像厅里看录像。"他说韩兴刚现在不在阿里，去拉萨了，还要从拉萨去深圳，去给人讲阿里古格王国遗址的壁画，拉投资，很久以后才能回来。

他的房间其实是一个小套房，我们两个住在最里边的屋子里，两张像行军床一样的钢丝床，外面的厅挺大的，装满了各种杂物。我在阿里期间吃的东西，包括水果，大多数时候都是他提供的。那种小小的苹果，特别丑，但特别好吃。他那儿一筐一筐别人给的"福利苹果"，大部分都是被我吃了。他是我的救命恩人，现在想起来还历历在目。

后来我又开车回去了一趟，见到了他，还在阿里做律师。有一次，他给我炖牦牛蹄子，哇，特别好吃，用高压锅炖好长时间。他待人那种热情，内心那种炙热，特别好。但是，大概五年前，他去世了，特别突然，类似心脏骤停一类。

黄：他们后来回北京了吗？

辫：一直都在阿里，到最后也没回北京。接触他这段时间，我有一种感觉，他已经完全融入当地了，根本意识不到自己是北京人。他跟我说的所有事情都是，这家的牛跑到那家的牧场吃了东西，被那家扎了一刀，结果两家打起来了……作为律师，他都在处理牛啊羊啊这一类纠纷，特别"非典型"。

黄：他这份工作特别像一个人类学家的事业，他性格里一定有很独特的东西，才会从北京跑到那么遥远的地方去，而且待那么多年。他带你去探索周边了吗？

辩：没有，但他给我提供住处，给我提供苹果。而那个录像厅，给我提供了不少乐趣。我还在录像厅度过了 1998 年的中秋夜，不知道是端着一杯茶还是汽酒，我坐在录像厅的门口，看着阿里的圆月。据说，正好那一年阿里流行霍乱，但也没什么防范措施，反正那个中秋夜就坐在那儿，屋里的录像厅传来香港片里"突突突"的声音，各种打打杀杀。

8

黄：你和马丽华的缘分引出了韩兴刚，你和韩兴刚的缘分引出了刘世强。

辩：就是这么有缘。后来，他帮我办了去新疆的边境通行证，怎么办的？他让我给老家打电话，把我的身份证和户口本传真到阿里的武警边防部队。就这样，在没有身份证的情况下办了边境通行证，因为我还要去札达、普兰。

去札达、普兰，都是搭车去的。他们说，韩兴刚虽然不在阿里（韩兴刚那时长期埋首在札达的古格王国遗址研究壁画），但你可以去札达。去札达搭了辆邮政车。在那个特别小的空间里，我还认识了一个日本的背包客，他跟我一起搭邮车去札达。那时要去这些地方，只能依附于当地这套交通系统：小中巴、拖拉机、邮车。

我们这辆车，后边一半是东西，一半是我们可以坐的空间。因为不能坐在驾驶室里，只能坐在后边的斗里。但斗里有一个很大的问题。

黄：颠。

辩：你要知道，札达是土林啊，路上全是很厚的土，旁边车一经过，啥都看不见。刚出狮泉河的时候还挺兴奋，各种风景，结果一进到土林，什么都看不见，只能把鼻子捂住，把头巾系住，把衣服都蒙上。关键是，你要拿仅有的绳子把自己绑在车上，不要颠出去。当初我骑自行车有个军用扁袋，一直跟着我，我就用军用扁袋把我的腰绑在车上，到后来颠到什么程度……

黄：屁股会离开？

辩：那些都是小事，刚开始有几个藏族人跟我们在一起，后来大家陆陆续续下车，只剩下我跟那个日本人了。他也学我，把自己绑到车上，他是绑在货物上，我是绑在旁边的栏杆上。颠一天，颠到下午，人不行了，把早晨吃的东西、中午吃的东西，完全给生生地颠出来了。吐到什么程度？你就趴在车边，生不如死。你招手，示意司机停车，司机根本不看后视镜。你想，阿里地区啥车也没有，路也没有，完全乱开。我现在都记得，我当时扒着车的沿儿，腰部还用扁袋绑在车上，因为不能吐在车上，就把上半身探到车外，一边颠一边吐，一路吐，吐到肚子全空了，还在吐。那时感觉会死在那儿，吐空了，并且还有高原反应——阿里随随便便一个小坡就是四五千米的海拔。

到札达后，我下车来，整个人就跟兵马俑一样，从头到脚都是黄土。但我依然不忘干一件事情。车上装了很多箱方便面，最后把装方便面的袋子颠破了，方便面全散落在后边的箱体里，我下车吐吐吐，回过神来喝几口水之后……

黄：吃点方便面？

辩：不是，那些方便面肯定都要扫走，扔掉，他们才不在乎这些东西，但我找了个塑料袋，把方便面渣全收集在一起，这可能是我未来的口粮啊。他们一扫，我就拿塑料袋兜着。那个日本人也在旁边吐，吐得鼻涕拉丝。

下车的地方不是札达，是托林寺，离古格王国遗址还有一段距离，好像当时在托林寺一个招待所住了一晚。第二天，背着包开始徒步。

我看了地图，从托林寺走到古格王国遗址，大概 19 公里。大概计算了一下旅程，到晚上肯定能走到，我很自信。那个日本人约我，说第二天我们一起走吧。他也背着一个大包，就是背包客那种标志性的大包，他矮矮的，瘦瘦的，黑黑的，有一幅手绘地图，他说按照这个地图就能走到，很准确。

我们俩一早就出发了，走到中途，我用他的相机给他拍照。我有一个军用水壶，从北京出来一直跟着我，是铝制的，椭圆形，有一个背带，喝水全靠这个水壶，有时还往里加一点维生素C。但拍完照,我把这个水壶放在旁边,忘拿了。

我不太喜欢这个日本人,不知道为什么,反正有一点隔阂,不愿意跟他一起走。我说要不这样,你沿这条路走,我沿旁边的戈壁滩走。我们两个大概是平行的,能看到对方。走走走,结果,到一个很重要的岔路口时,我看不到他了。

按常理分析,只要有电线杆,肯定能到达人住的地方。当时电线杆通往左边的一条大路,右手边还有一条小路,没有电线杆。我分析,古格遗址那么著名的地方,一定走大路,而且电线杆一定通往有人的地方。但其实错了,这些电线杆一直通到一个叫博林的地方,那是中国和尼泊尔的边境,而没有电线杆的小路,才是奔向古格的。

于是,我就沿着电线杆走了,走啊走,走到天黑也没走到古格,并且越走越荒,当时其实有一两辆车路过,我招了手也没停,不知道为什么。我分析了一下,再怎么说,一小时也能走三四公里,如果是19公里,走了这么久还没走到,那一定出问题了,当天晚间我决定不走了。

黄:就地停下?
辩:就地停下。

黄:睡觉?
辩:睡觉,但是就地睡觉——

黄：那地方风多大。

辩：我只有睡袋，没有帐篷怎么办？

黄：无遮无拦的。

辩：这就是我之前骑自行车的观察和经验了，睡哪里？睡涵洞。涵洞雨季有水，旱季没水啊，又不用担心有车经过。把睡袋和防潮垫铺上，就睡涵洞。但是，当天晚间最可怕的是什么？我从中午拍完照，把水壶落在那儿，到现在没水喝。第二天早晨，我实在忍受不了那种口渴，我喝了……

黄：尿。

辩：尿。所以我现在知道，尿是涩的。

黄：汶川地震的时候，也有人靠喝尿活下来。

辩：特别渴，感觉都要渴死了，只能喝尿，但是尿都喝不进去。

黄：虽然我已经非常生猛了，但你这一段，我走不下来。那个时候觉得苦吗？

辩：说实话，真没觉得。

黄：二十几岁，就是这种天不怕地不怕。

辩：对。

黄：后来跟海雁讲起这些，她会觉得你苦吗？

辫：她不认为。海雁经常说，你去干这个事情，就得承受相应的后果，那是你的选择。

黄：海雁大气。那日本背包客还是厉害的，地图那么精准。

辫：你听我继续说啊。我露宿在涵洞里，实在渴得不行了，就拿尿沾沾嘴边，喝是喝不进去的，太涩了，把嘴唇润一下就行。

第二天早晨起来，我有一种强烈的危险感，如果我现在往回走，花一天是可以走回去的，但我要再往前走，前面是未知的，这跟我在青藏公路丢了钱不一样。我还是比较理性的，没那么冲动，所以马上往回走，就沿着这条大路往回走，结果，就像我说的……

黄：走到那个路口的时候——

辫：那条路其实是这么拐了一下，一条没有路牌的小路，你怎么敢走啊？那个时候，没有人去古格，一个简简单单的路牌都没有，所以过了那个路口，我依然沿着大路往回走。很快，一辆军车开过来，我拦下了，问司机，古格王国遗址在哪儿？司机说，你瞧见没有，这辆军车，我拉的这些小战士，就是去古格王国玩的，你还想去就跟我们一起吧。

小战士都站着，一看到我，直接把我给拽上去，我的包也扔上去，还给了我一听雪碧，那是我人生中最好喝的一瓶饮料。你想啊，我一天一夜没喝过水了，给了我一听雪碧，哇！我打开后，咚咚咚喝进去，人一下子就活过来了。

黄：沁人心脾啊。

辫：那辆军车拉着我到了古格。一下车，我也不想跟他们一起玩儿，他们有自己的计划，我就玩我自己的。后来我去了离古格王国遗址中"干尸洞"特别近的一条小溪，踏踏实实坐下来，舀一壶泉水，然后咚咚咚，慢慢喝下去，哎呀，那个时候……

黄：经过这么多折腾后，来到一片泉水旁。

辫：我在那里有张照片，很多人都说，这不是猴子吗？又黑又瘦，长头发，又没扎辫子，完全披散着，眼神空洞无物，就是干、饿，身体极度透支。后来我搭档银海经常说，这张照片几乎是一个定格。

喝了水后，我踏踏实实地把古格王国遗址从上至下都走了一遍，怎么说，终于完成了一趟梦想之旅。其实是没法把古格文明研究得很深的，后来又去了很多次，但是都不如第一次对这里的期待和情感。

黄：我很尊敬的一位人类学家，他一直说，艺术不是最高的表达，最高的表达是生命的体验。你以这样的历程走到那里，是更高的表达，哪怕你对那些壁画、石窟一无所知。

辫：对，但我仍然对象雄、札达、拉达克这些地方的历史很痴迷。后来我还从狮泉河镇搭车去了普兰、冈仁波齐，全都是搭邮车，那时只有班次稳定的邮政车去这些地方。

我是先搭邮车到普兰，到普兰是专门去拜访悬空寺和孔雀王国遗址。后来在普兰搭了辆当地税务局的车，一辆大丰田，他们去拉萨，正好路过玛旁雍错神湖，我说能不能搭我，到玛旁雍错把我放下？他们说没问题。早晨四点钟，你想，藏区本来天亮就晚。

黄：基本上是我们的两点钟。

辩：对。早晨四点钟搭上我，把我放在玛旁雍错的时候天都没亮呢。司机一脚刹车，说，你确定是去玛旁雍错吗？我说是。他说好，你小心一点，我只能把你放在大路上，看到没有，那个方向就是玛旁雍错，直着走就到了。

夜色中，月光照着湖水，冲着湖水上的亮色走过去就行了，不用翻山，都是戈壁。我下了车，借着月光，一路冲着玛旁雍错走。快到玛旁雍错了，前面黑黑的一顶小帐篷还是小房子，我还挺兴奋，还有人家。结果，我还没接近呢，那边的狗就开始狂吠。

黄：藏獒。

辩：不知道是不是，反正体型很大，并且没有拴，因为它最开始的声音从我的左前方传来，后来从我的右前方传来，我一下就紧张了，不敢往前走，本来光线就不好。听着狗低吼的声音，我把随身携带的小刀攥在手里，我就想，它冲上来至少我还能挣扎一下。但我不能再往前走了，只能停下来，一直等，那只狗在房子周围到处跑着叫，我就拿着小刀一直站在那里等，等到天亮。我其实特别怕狗，藏区的狗很可怕的，上来几口咬死你的可能性也很大。

天亮以后，出来一个牧民，把狗吼住了，这时我才把刀合上，上去跟他要了口水。我说我要到玛旁雍错去，他说你往前走就可以了，我就这样走到了湖边。

黄：你心中从来没有畏惧吗？

辩：说实话，那个时候没有，现在有了。经历了这么多之后，我不像那个时候那么冲动，像这种情况，天亮以前搭一辆车到一个未知的地方，然后下车，一个人在荒无人烟的戈壁走，这个事情我不会再干了。

黄：而且现在你不是一个人了，你会有挂念，就会收敛，不像一个人的时候。

辩：是的，是的。

9

黄：你后来跟韩兴刚在阿里相遇是什么场景？

辩：2004 年，我和香港的老王（王炳全）两人骑新藏线，从（新疆）叶城骑到阿里，那次见到了韩兴刚。当时的场景是，我踩了一天车到古格，老王骑得比较慢，我一般会在山口或者能喝酒的地方等他。那天他比我晚一点，我把自行车放在古格王国遗址就去找守门人："你们这儿有一个叫韩兴刚的人，我们有个共同朋友，刘世强，你能帮我去找一下他吗？我叫小辫儿。"守门人说，好好好，我去找。

然后这个人就没影了，好久都没动静。我闲着无聊，就这儿看看那儿看看。忽然，从山坡上下来三个人，这三个人全是脏辫儿的造型，头发蓬松、黝黑、满脸褶子、胡子拉碴、衣服破破烂烂。荡荡悠悠的，这三个人就来了。另外两人个子不高，韩兴刚算他们中高的，一股匪气扑面而来。他见你的时候，上身是向你的方向倾斜的，给你一种压迫感，恨不得像逼问一样："你是小辫儿？你找我？"他的穿着、肤色，特别像阿里的一尊泥塑。我慢条斯理地说："是，老韩，我们终于见面了。"然后张开双臂拥抱他。这是我的方式。

我第一次去找他是 1998 年，到 2004 年，五六年的时间，刘世强已经把我形容给他，他已经深刻地记住了我这个人，大家彼此间有一种心照不宣的默契。我们很快就哈哈大笑，拥抱在一起，虽然是初次见面，但像老朋友。这个时候老王也来了，我们马上到他的住地，就是门房旁的一溜土房子。韩兴刚特别能讲……

黄：口若悬河，我第一次采访他时，他光讲阿里的雨，就讲了27分钟，像用语言画泼墨画。

辫：整个下午到晚上，我都跟韩兴刚在交流，以至于忽略了老王。他把临摹古格壁画的画稿展开，一大卷，一张一张给我讲。那几天，每天都跟他在一起，中午一睁眼起来，连吃饭带喝酒，晚上更是连喝酒带吃饭，甚至还去酒吧，阿里居然也有酒吧！那个酒吧跟美国西部的一模一样，每个推门进来的人，背后好像都是一张通缉令，男男女女都那样。

黄：后来你们还有联系吗？

辫：有一次我们在北京见过，他来"过客"找我。那天是黄昏，我们在院子里聊了很多。他在阿里待得太久，内心非常独立、强大，你想，能在阿里一二十年干着那种枯燥的工作，其实你很难进到他的世界……

黄：只能成为他的听众。

辫：对对对，这点我是很清楚的。他依然在阐述他在阿里的计划，要去找资金，每个计划听起来都很宏大，让人肃然起敬，如果我能帮上什么忙就好了，但那个时候，除了倾听，什么也帮不上，他做的事情太宏大了。

10

黄：回到第一次到阿里，反正你就这样在狮泉河生活了一段
时间。

辫：对，真的是生活了一段时间。去普兰、札达，都需要办边境
通行证，都是在狮泉河办的。后来我就直接从狮泉河搭了一个新
疆人的车队，翻越界山达坂、麻扎达坂、库地达坂……来到新疆
叶城，还经过死人沟，不知道你……

黄：我没走过新藏线。

辫：你没走过新藏线？

黄：嗯。

辫：死人沟就是界山达坂的山脚，界山达坂海拔 5200 多米，我
们翻越界山达坂是在一个雪夜，那里只有一顶帐篷，卖方便面，
十块钱一碗。司机讲，这地方叫死人沟。

黄：在那里做生意的人太勇敢了。

辫：你知道那顶帐篷的主人吗？是一个四川人。他生生用自己的
一顶帐篷，干出了地图上的一个小圆圈——后来死人沟成了一个
行政上的点。但他干了十几年后，由于高原病，关节全部变形，
已经不能在高原上生活，他妹妹又顶上去。很多年后，我再回死

人沟，那里已经是一个小镇了，你知道人有多坚强！他知道，来往新疆的人必经这里，一定会在这个地方歇一歇脚，大家情愿花十块钱吃一碗方便面——十块钱在那个时候不便宜。

黄：生命有多不容易，他是有什么样的原因，要到那个地方去挣这笔钱！

辩：用命在干这件事，真的是用一顶帐篷，把一个荒野之地变成了行政聚落。

那次我还去了班公错。

黄：界湖。

辩：界湖。其实，我搭的那几辆车，他们并不友好，那是到那时为止我觉得最不友好的。他们停下车换胎或者干别的活儿，我都跟着干，就那样都换不来一份信任。

黄：唉，这个一言难尽。

辩：他们一路上对我极其虐待，各种拳打脚踢，都是家常便饭。

黄：他们可能之前经历过一些什么，把你当成了某种意义上的替身。

辩：所以到班公错的时候，看到武警，我找了个理由就留下来了。那辆车好像也少了个手续，停了好久，武警不放他们过。后来我和武警说情，把他们放走了，我也留下来了。

在班公错待了几天，白天去湖边，晚上回来住。后来经武警介绍，我又搭了一辆车进到新疆，这辆车很安全，司机是武警的朋友。武警说，你必须搭我这个朋友到新疆，如果我这个朋友有什么三长两短，你也不要再回来了。后来到阿克苏下来，我决定用徒步和搭车的方式往前走。

黄：往哪里？

辫：阿勒泰。

黄：那得多么遥远啊！

辫：我还要去伊犁和喀什，途中还拜访了库车的龟兹遗址，我在龟兹遗址的招待所洗了最爽的一个澡，那个头发啊，都已经梳不开了。这一路从来没有泡过澡，但龟兹遗址的招待所里有浴缸，我在那儿泡了个澡，也是一个类似援疆干部的人，说你住在我们这儿，我给你提供一个空间，这里边很舒服。我从出发开始，一直到那一刻，就没见过浴缸。

黄：早就忘记文明生活什么样子了。

辫：差不多三个月没泡过澡。后来阿克苏、库车，那几个遗址我都去了。到大城市后，是不可能像青藏线上骑自行车那样，随便住进一顶帐篷的，所以我找到了露宿的窍门，税务局、公安局、市政府，这些地方的大门口都有石狮子，石狮子旁边找一个角落，你可以把睡袋铺上。

黄：避风。

辫：避风。

黄：安全。

辫：安全。首先找派出所或公安局，比如在伊犁，我就去伊犁州公安局。我现在都记得伊犁州公安局的样子，这是公安局的院子，里面停满了警车，这边一溜是灌木丛，我从灌木丛里钻进去，附近这一侧是小草坪，我就在小草坪那儿睡，很安全。也不搭帐篷，就是睡袋。反正我也没钱，也不怕偷，有时还钻出来看一下街景。

　　但在伊犁的时候，我碰到了一件可怕的事。刚从灌木丛里钻出来那一刻，碰到一个酒鬼，直接跟他撞了个满怀。这酒鬼一直拽着我的领子，叽里呱啦说一大堆，我赶紧唯唯诺诺地说，我错了我错了，然后趁他不注意，刺溜一下又从灌木丛钻回去了。

　　在库车，我选择在派出所门口露宿，那里晚上亮着灯，但没有值班的人。第二天早上，派出所的人过来一看，怎么门口睡着一个人？把我捅醒："你怎么睡在这里？"我就说了一点我的经历。他说，早晨这里冷得很，也没饭吃，进来给你泡碗面吃。

　　在阿克苏税务局的时候，一个老奶奶过来，看到我："你怎么在这个地方睡啊？"我说我从很远的地方过来，没什么钱，也住不起旅馆。她说你等等，不要走，然后回去给我拿了葡萄、馕。

黄：你后来到阿勒泰了吗？

辫：去了。

黄：我的天啊，你真是太厉害了。

辫：我在新疆是阶段式搭车，有时候也要花钱坐中巴，或者搭伐木车。总之，到喀纳斯已经是 11 月了。

黄：你是几月出门的？

辫：应该是 8 月。我还在布尔津县城住了，那时叶子已经全黄了。我在一个小旅馆搭了辆伐木车，旅馆的人跟我说，你要去的地方，现在已经封山了，没有旅游车，但有伐木车，我给你联系一下，看可不可以去。也是大清早出发，司机是一个小年轻，后边也是翻斗车，拉着木材和我，天不亮翻一座大山，进到喀纳斯。

过去的时候印象非常深刻，当我翻过山，正好天亮，里边炊烟袅袅，全是哈萨克族人、蒙古族人的帐篷，还有非常美的月亮湾。我住了一两天就走了，拍了些照片，我对这种纯风光的景色不是很迷恋。

在这之前，路过博斯腾湖，在一辆巴士上，周围全是哈萨克族人，有的人还抱着鸡，抱着羊，我坐在他们身边，哇，那种热情！车上只要一个人吃东西，他就会把他吃的分享给车上所有人，包括我。这边递给你几颗葡萄，那边掰给你一块馕，就是这种感觉，像大篷车一样。

黄：你为什么要去喀纳斯，又是受了什么作品的影响？

辩：说实话，那个时候的心态就是去打个卡。

黄：在祖国的最西北角上？

辩：对，之前听说过，很美。再后来，从新疆回北京，记忆都不是很清晰了，也没什么目的性，无非为了回家，搭过各种车，在吐鲁番的时候，驴车都搭过。后来从高昌故城搭了一辆拉葡萄干的车到西安，车停在一个大车店里，一个大通铺，十几张床，只有我跟另外一个人住。我也不知道那个人从哪儿来，到哪儿去，有意思的是，那个人听我吹完牛之后，给我塞了 200 块钱。

黄：让你坐车回北京？

辩：对，感动得痛哭流涕，我就靠着这 200 块钱回到了北京。所以后半段简直是……

黄：特别流畅。

辩：特别流畅，流畅到像快进。

黄：它符合这段旅程应该结束的样子，当时回到北京，受到了英雄般的欢迎吗？

辩：真不记得了。记得的是，我不想联系太多人，那个时候最想的是海雁。走了这一圈，我确定她就是我生命中最重要的人。我从拉萨买了一枚戒指，一直陪我走完西藏、新疆，回到北京，送给了她。

中篇 · 过客

第六章

嬉皮士的"邪恶轴心"

1

黄：西藏回来，"过客"紧接着就开始了？

辫：不是，我又在远飞鸟待了两三个月，还去王勇夫人赵妍所在的那家设计公司工作了一段时间。那家设计公司后来变得很有名，叫"北京揽胜广告"，是房地产广告行业 TOP 级别的。老板杨海华原来是佤族乐队的主唱，高高大大的，非常帅，做广告特别有想法，也确实做得好，后来就不做乐队了。我在那儿还认识了乐队的贝斯手四哥（王炳君），他每天都去广告公司跟我们一起玩儿。我跟四哥关系很好，后来做"过客"酒吧的时候，有一面墙全是玛尼经文的拓片，我跟四哥一起糊的。

骑车回来的第二年夏天，我依然住在南锣鼓巷那个小房子里……

黄：是什么时候搬到南锣鼓巷去的？

辫：从西藏回来，我在远飞鸟的地下室办了一期讲座，主题就叫"苦行阿里"。后来跟我关系很紧密的几个人，都是那次来听讲座的，其中一个现在我们还有联系。他当时在新浪摄坛做版主，网名叫"G2"，G2 应该是一款镜头，他的本名叫赵嘉。

黄：著名报道摄影师。

辫：对。另外一个听众是谁呢？何亦红。

黄：《户外探险》杂志的前主编。

辩：当时她还在中国国家进出口图书公司，送她来的是谁呢？她当时的男朋友，李国庆。那次认识何亦红、李国庆后，我们经常见面，关系特别好。后来我想搬出来住，不想在地下室了。李国庆说："我小姨有个房子，挺便宜的，就在南锣鼓巷旁边的东棉花胡同。"我就住到了东棉花胡同去，后来在那儿住了十多年。

黄：我和我爱人第一次见面，就是在东棉花胡同，中央戏剧学院门口的蓬蒿剧场，不过是 2009 年了。当时的南锣鼓巷是什么样子的？

辩：就是普通的一条胡同而已，最多的是小铺、理发店，有两三家面馆，大街上有几个公共厕所。因为叫"巷"，所以比胡同稍微宽一点点。

南锣鼓巷南北向，东西两边各一串儿胡同，东边每条胡同都直直的，西边每条都拐了歪。老北京给我解释说，南锣鼓巷的风水非常讲究，紫气东来，所以东边的胡同全都是直的，但不能从西边跑了，要拦住，所以西边的胡同没一条直的。老北京的街坊管南锣鼓巷叫"蜈蚣巷"。

黄：南锣鼓巷是蜈蚣的脊柱，"蜈蚣头"是鼓楼东大街，"蜈蚣尾"是左小祖咒歌里唱过的平安大道，东西两边的胡同是它的手脚。

辩：对，中间一个身子，旁边都是腿。我住的那个地方 13 平方米左右，也就放一张床，一个写字台。后来广告公司搬了几次家，有一次我还把他们不要的铁网隔断弄到我的小屋里，装饰在墙上。

我住的那地方，从东棉花胡同××号进去后，先往左拐，再右拐，反正得拐好几个弯后，才是那个小房子。但它的窗户是冲正南的，所以光线还不错。我住在那儿的时候，不管开没开"过客"，每天晚间都是诗人、画家、地下乐手聚集，全都跑过来找我喝大酒。

黄：都是远飞鸟期间认识的朋友？

辩：最开始是远飞鸟的朋友，后来就一圈一圈地扩散。我不是带队嘛，带完一队，基本上都成为朋友了。这些艺术家、诗人，喝多了就要朗诵诗，那邻居怎么办？经常这边正朗读呢，那边"咚！咚！咚！"敲大梁抗议我们，还有敲暖气管子的。后来片儿警总过来找我们，每次都说，你们又被邻居投诉了，怎么每天晚间都是些奇奇怪怪的人？什么长头发的呀，文身的呀，还有外国人，我们是整个大杂院里最受片儿警关注的。

夏天天气好的时候，我们就不在屋子里喝。出了我这个小院，斜对面就是中央戏剧学院的门，是一个仿古建筑，原来是消防通道。旁边一道破铁门，铁门前有一个 T 字形敞开的口，我们觉得那儿挺好，就把防潮垫和睡袋放在那儿，拎着一箱一箱的燕京啤酒，席地而坐，然后开喝，那地方又不扰民。后来经常性地，喝醉以后，直接就睡那儿了。第二天早晨，那些扫街的阿姨一路扫扫扫，扫到这儿，一堆横倒竖歪睡大街的人，她就拿扫帚的把挨个儿捅醒。醒来一看，哎哟，天亮了，赶紧散了。

黄：你们才是波希米亚人。

辩：特别可爱，特别可爱。

黄：那时候身体真好啊。

辩：真好。醒来后，没事的人回去补觉，有事的，胡同口有邻居在摊煎饼，赶紧趁热吃套煎饼果子，然后该干吗干吗。

黄：每天晚上都像做了一场梦一样。

辩：对啊，几乎天天都这样过，后来我就说，要不然开个酒吧算了。

黄：把家里的生活挪到公共空间去。

辩：对啊，与其这样，不如干脆弄个酒吧。大家一听，都说好啊，我就开始找地方了。

其实骑行回来，我跟海雁就经常在一起，我们的关系已经有了比较实质性的飞跃，但海雁一直不认为我们是男女朋友关系，她属于朦朦胧胧那种感觉，大家也没说透。但开酒吧时，海雁特别积极，她觉得"过客"这名字可好了，还请她的闺密把它翻译成英文：Pass By。我一听，觉得这个挺好。

很快就把地方租好了，南锣鼓巷 97 号，原来是个小破粮店，一共不到 40 平方米。当时看上它的原因是，它的玻璃、结构、外面大致的门脸，几乎不用动，就是不用怎么花钱装修。房租刚开始是 1800 元一个月，后来是 2000 多，也不便宜，但我们对这些都没概念。房子是两开间，中间有柱子和墙，我们把前边这堵墙打通了，变成一个 L 形结构，L 形包着后边一间小屋子，相当于操作间，也能存货，当一个库房。那时候不做餐，没有餐可做。

黄：只卖酒？

辫：只卖酒，因为里边啥餐都做不了，也没煤气。就在拐弯的这个地方，一进大门，用砖块儿砌了一个吧台。当时正好在修平安大道，两边都在拆迁，到处都扔着破木头、旧砖头，我就去捡，需要砖头就去捡砖头，需要木头就去捡木头。当时那种大梁，15 块钱一根，很便宜。

王勇他哥是学西班牙语的，在西班牙大使馆工作。有一天，王勇去找他哥的途中，带来两个老外：阿郎和 Email。Email 是那种腼腆的帅哥，轮廓特别好，就跟雕像一样，深眼窝，长睫毛，头发带点卷，棕偏黄。两人又瘦又黑，明显的长期营养不良。王勇说，他在西班牙大使馆发现这两人在求助，两人没钱，但正在环球旅行。

黄：跟你一样。

辫：对啊，他说这不就是外国的小辫儿吗？当晚他们就跟我一起住在那个 13 平方米的房子里。当天特别神奇，正好赶上一次聚餐，我请大家吃饭，就在南锣鼓巷北边，有家东北人开的饭馆。晚间我们就去撮了一顿，那顿饭吃了两三百块钱，我一个月的生活费也就是两百块。

席间有个路透社的好朋友，拍下了这两人吃饭时的狼吞虎咽样——一看到肉，啥都不管了，"咔咔咔"一顿乱吃，跟狼一样。我们都惊呆了，你就知道他们多长时间没吃上这么好的一顿了。我收留了他们两个月，什么都跟我一起，多了两张嘴而已。

黄：就跟你在阿里时，被刘世强收留一样。

辩：对。酒吧装修快结束的时候，我那小屋实在住不了了，他们俩好长时间不洗澡，真的一点不夸张，那袜子脱下来都能立到墙角，那个味儿呀！酒吧装完后，我大部分时间睡在酒吧里，一个防潮垫，一个睡袋，往地上一躺就够了。有段时间没有回我那屋子，有一次回去拿东西，一开门，那个味儿差点没把我顶一个跟头。不行了不行了，这地方实在不能住了，等他们走了就退了。

但是话说回来，因为他们两个的加入，来找我们的人更多了。阿郎是法国的建筑工人，Email是西班牙人，原来是IT公司的部门经理，手下管20多个人呢。他为了跟阿郎一起环球旅行，出来的时候把家里所有东西都送人了，就是要不花钱走遍全世界。他有一张A4纸，全英文，底图是世界地图，上面用虚线标注出自己的足迹。他的计划叫"过两个2000年"。为什么呢？他会利用时差，从西伯利亚徒步到阿拉斯加去，在西伯利亚过一个2000年，再到阿拉斯加过一个2000年。2000年正好是千禧年。所以他不仅是不花一分钱环球旅游，还有更加完美的计划。

黄：这种"流浪文化"在国外很发达。你们是南锣鼓巷第一家店吗？

辩：在我们之前，有一家号称酒吧的，但不是纯粹的酒吧，也做面条一类的餐。其实那时南锣鼓巷周围所有的小饭馆，都兼有酒吧的功能，中央戏剧学院的学生总要有个去处，大家需要喝大酒，聊剧本，聊表演。这些饭馆是酒吧的雏形，虽然不叫酒吧，但已经承载了一部分酒吧的功能，那些面馆都开到很晚，那帮人一聊聊到后半夜。

　　我们是 1999 年 7 月 11 日开业的，当我有了这样一个地方，这里就变成了一个"邪恶轴心"，到我家去的那帮人全聚到酒吧里来了。

2

黄：我是 2008 年早春到的北京，那之前几年，有本当时很有影响力的杂志，《城市画报》，频繁报道南锣鼓巷，南锣鼓巷可能是全国第一条真正意义上的文创街。我第一次知道你，就是在《城市画报》上。后来去过店里，和很多人的印象一样，装修风格很特别，虽然是酒吧，但有国际青年旅舍的气质。你是第一次装修，对风格的界定，有过思考吗？

辩：说实话，没有特别想清楚，但重要的是跟钱有关系啊。怎么能省钱，这是核心，所以一切都是捡来的，反正我大学时就已经有"捡东西"的习惯。关于"过客"的所有报道我都有，中外报道都有，摞起来巨高。第一篇报道是《精品购物指南》写的，题目就叫《捡出一个酒吧》。你想，一个房梁才15块钱，把它锯开，可以有很多用途。我们的吧台全是从这根大梁上锯下来做成的。地面是那种黑白相间的发廊里铺的瓷砖，也就几毛钱一块，特别便宜，所有东西都是为了省钱。还有一个斜坡顶，其实人家是有吊顶的，但已经烂了，我先把它捅破，一捅破，里边的房梁很漂亮，直接把它暴露出来。后来丽江、北京那些老房子，很多人花了巨多的钱弄成我这样，而我弄成这样，根本的原因是为了省钱。原来抹灰的墙面斑斑驳驳的，实在掩饰不了，就用牛皮纸糊上去，牛皮纸一张才多少钱啊，而且我的牛皮纸上有我自己拓的玛尼经文，非常特别。这时，我四级工贴纸的专业又用上了，贴得严丝合缝。桌子也是捡的木料，第一张桌布是格子布，很薄，几块钱一米。

黄：那时外面还没有流行格子布？

辩：不知道，因为我们也没去过酒吧。

黄：也不做调查？

辩：没做过调查。

黄：你们就没去过酒吧？

辩：没去过，就知道三里屯有酒吧，当时一瓶啤酒 30 块钱，太贵了，舍不得去。我们最苦恼的是，不知道吧台怎么弄。后来实在是觉得，是不是应该去三里屯的酒吧看一眼？但又苦于没有钱，直到现在，三里屯酒吧也没去过，反正最后就这么把酒吧弄起来了。

阿郎和 Email 在的时候，其实我们去过一家特别偏远的类似酒吧的地方。阿郎永远都能找到免费提供啤酒的地方，经常是一到下午就过来了："晚上跟我走，带你们去喝酒，不用花钱。"只要他带我们去，肯定是不花钱的。那天去的人好多，酒吧里到处都是破破的东西，关键是后面还有一个小花园。当天晚间，老板请我们喝酒，大瓶的燕京咣咣咣拿出来，大家一顿喝，喝到后半夜，睡眼惺忪地就散了。

后来酒吧就开业了，当天晚间也是一大票人，还有一个外国人，直到现在也是我们很好的朋友，是个女孩儿，法国人，叫李芬妮，当时住在北兵马司胡同的一个小院子里。小院子非常漂亮，外面不显山不露水，一进去就曲径通幽。她写书，后来写了一本法语的"北京旅行指南"，把"过客"也写在里面，大篇幅写我们的旅行故事。我们有时去她家聚会，经常能在那儿碰到崔健。

刚开始，酒吧的客人肯定是带队的这些朋友，基本上是熟客。慢慢地，有一些外国人过来，这些外国人很多都住在菊儿胡同，有做媒体的，有在企业里工作的，有在大使馆工作的。

黄：菊儿胡同获过"世界人居奖"，20世纪80年代，清华大学建筑学院教授、建筑师吴良镛先生带着人改建胡同，菊儿胡同是试点，当时被称为"新四合院"，媒体上常报道。

辩：对，每家每户的空间都不一样，我也在那儿住了两三年。就这样，背包客、外国人，形成了"过客"早期的客人。

大家都觉得"过客"是一个神奇的存在，我们在南锣鼓巷97号，正好在巷子中央，两头的街都不靠，藏得很深。而且，整个南锣鼓巷看上去就不像一条会有酒吧的街，都是普通老百姓的生活空间，每个人来的时候，都要先经过一长段老百姓日常生活的区域，才到一个酒吧。

也因此，我们还要应付街坊邻居异样的目光。幸好开酒吧之前我住在这里，否则，街坊其实不太允许这样的存在。我们经历了很多（扰民）举报，那时南锣鼓巷两边儿一到九点就都熄灯睡觉了，只有昏暗的路灯一暗一亮。但十点钟真有人来啊，他在别的地方吃完饭，这时来刚刚好。当时来的每个人都会说："怎么在这么一个偏僻的地方开酒吧？"但对某些人来说，我们反倒是很特别的存在，经过了很暗的街道，在怀疑根本不会有酒吧的时候，忽然出现了。

黄：所以你从来没有过商业位置的考虑？

辩：没有。

黄：选那个地方就仅仅是因为……
辩：因为我住在那里，房租又便宜。

黄：你做什么都是个破坏者，但同时又是个开创者，什么都由着性子来，而且生意一直都很好？
辩：其实不错，有时候不太好意思收钱，就用一个硬壳纸箱子，上面开个口，放在吧台那儿。

黄：随便给钱？
辩：对啊，自己去倒酒，自己把钱扔进去，我们有生啤，自己去打酒，打完酒，往里放钱就行了。

黄：就是因为不好意思？
辩：一个是不好意思，还有一个原因是，我也在这里喝啊，全是熟客，他就是奔你来的嘛。再加上那个时候也要吹好多牛，比如西藏的骑行，你要跟人家吹嘛，那时一个人要想去西藏旅行，必来这里。

黄：取经。
辩：对啊，你在这儿聊着，哪有空过去打酒，哪有时间收钱啊。当时每周办分享会，我自己设计海报，设计完去复印。

黄：海报发到哪里去？

辫：有段时间就是发传真，在公司里工作的，比如海雁，她能接传真，那时传真还挺重要的。

黄：你发给海雁，海雁再向她周围的人分享这些信息？

辫：对，但更多的是，我们到南锣鼓巷去贴海报，包括去中央戏剧学院贴。

黄：南锣鼓巷的人流量够大才行啊。

辫：不够大，但可以贴到每个小饭馆去。那时好多戏剧海报就贴在饭馆的墙上，或者直接贴在大门口，无论饭馆、面馆，每家都贴着一墙的戏剧海报。那时南锣鼓巷的气质其实还是中戏的底子，要没有中戏，生生靠我们自己，其实也很难。

黄：那个时候多好啊，穷，活泼。

辫：快乐。

黄：充满生机。

辫：对，充满了生机。我们的海报都不大，全是 A4 纸，第一张肯定要打印，全是朋友接济打印，然后我们拿回来复印，所以海报全是黑白的。黑白也挺好，贴在我们大门口，大门口本身就是一半黑一半白，还挺搭。

3

黄：那时真有胆量啊，没钱也开酒吧。

辫：无知者无畏嘛，最开始也没怎么算账，第一个月，海雁说赔了几百块钱，这几百块应该就是我们自己喝了。我们当时所有账单都是手写的，比如你来了，就会记"黄菊：10 块"；下次来就记"黄菊，10 块、+10 块、+10 块……"不认识的就给他起个外号，这样才能记住。比如黄瓜女，因为每次来都点黄瓜水，我们就记：黄瓜女，10 块、+10 块、+10 块……刘烨（演员）来了就喝鲜榨芒果汁，孟京辉（话剧导演）和陈明昊（演员、导演）也来。陈明昊是"过客"的客人，也是我带队爬长城时的队员，他参加过我好多次的周末旅行，所以跟我非常熟。

1999—2001 年，我们称为"老过客"，在那个地方整整干了三年，一天都没有落过。1999 年刚开业没多久，我们就被登载在了 L.P.（*Lonely Planet*，《孤独星球》）旅行指南上，已经有背包客拿着这本杂志来找我们。

黄：很长一段时间，L.P. 都是我们的旅行圣经，去东南亚，去印度，几乎人手一本。

辫：对。我还记得上面写的内容，大意是：如果你是一个真的 backpacker（背包客），来这个酒吧绝对不会失望，他们就是中国的一群 backpackers。如果你想去西部旅行，或者你想去中国的任何一个地方旅行，都有可能在这里找到同路人，老板骑着自行车去了很多次西藏，他会给你一些建议。如果你想去北京的胡同走一走，看看当地人的生活，他也会给你一些建议。

黄：今天的空间越来越豪华，但都没有灵魂了。

辩：那时每天晚间喝酒聊天，聊的全是旅行、探险、登雪山。90年代西藏登山队的那些人，都来过我的酒吧，后来又发展到攀登全世界14座8000米雪山的人，大家都来。那时也没什么户外品牌，比较知名的就是奥索卡，被称作中国当时的头部户外品牌。

黄：奥索卡一直到2008年、2009年都很火，我还参加过几次他们在西藏的徒步活动，他们和中国登山协会、西藏登山协会一起，支持创建了西藏登山学校。

辩：对。奥索卡的瑞士创始人Hans、中方总经理刘平格，都来过"过客"。总之，靠着我们每周的分享会，"过客"已经有一些名气了，知名的这些人我基本都请过。何亦红、李国庆也经常来找我，何亦红有一次说，我现在挺喜欢摄影的，也在新疆、西藏到处跑，但我现在的工作，一到办公室，大家都在喝茶，我可难受了。我说，你别干了，喜欢摄影就去干摄影。她最初还很犹豫，这么稳定的工作，就把它扔掉了？我毅然决然地说，当然啊，肯定要干自己喜欢的事情嘛。后来她毅然决然地把工作辞掉，去《户外探险》杂志，从摄影师一直做到主编。我还客串过杂志的设计总监，封面都是我亲自做的。

有天下午，"雕刻时光"的创始人庄崧冽也来了。当时正好我在吧台，他跟我聊天，说我们也开了一家像你这样的咖啡馆，叫"雕刻时光"。

黄：那几年，"雕刻时光"也是某种标志性的存在。三联书店楼上那家店，我是每周都去好几次。

犇：它们最早在北大附近，那时"雕刻时光"对我来说也是神一般的存在。

有一次，快开业的时候，店里缺一点边边角角的小东西，我去鼓楼大街一个建材商店买，结果，我把3000块钱忘在人家桌子上，钱放在信封里，买完东西就走了，再回去，人家不认账。但这么大的事情，海雁并没有埋怨我。我在几个关键节点都丢过钱，我自己挺懊恼的，但海雁从不说什么。海雁的性格，我周围人都认为是最好的，在她面前，我有好多做得不好的地方。

黄：海雁是北京人吗？

犇：对，但海雁的经历很有趣，她出生在西宁市人民医院，我还专门跑去那儿打了卡。她爸妈是支边的军人。我认识她的时候，有几次去她家吃饭，她家的碗柜巨大无比，有点像保险柜的那种铁盒子，很厚，很大，几个人搬动都很麻烦。后来我才知道，那是中国第一代计算机的壳子。她爸妈年轻时是做保密工作的，她爸爸做中国第一代电子计算机，在原总参谋部。老两口极其简单，海雁跟我讲，我们都已经在一起那么久了，她爸妈看不出来，还一直嘱咐海雁："跟人家合作做生意，一定要好好对待人家，在财务上要弄清楚，不要让别人吃亏。"

4

黄：这期间还不断骑行？

辨：不断骑行。川藏线是跟着一个香港的老先生骑的，他现在应该 70 多岁了，他是跟我最久的骑车伙伴。王勇后来和我一起从兰州骑到了成都，那次同行的有三个人，王勇、我、莫菲，莫菲是爱尔兰的一个小伙子。一路上，只要碰到水果摊，我一定停下来吃水果，我是不管速度、时间的。为了吃水果，又不掉队，我就会有一段路要猛骑，甩掉他们，这样，到一个水果摊就可以安心吃水果。等他们追上我时，我已经吃得饱饱的，再一起上路。后来才发现，王勇并不喜欢吃水果，所以对我这个行为很不满意，但通过几次大酒，他也明白了我的意思。我也从来不锻炼，但只要上路，三天之后马上适应环境。这条线上发生了一件和装备有关的笑话，现在你们骑行的时候，会买骑行裤吗？

黄：买了，但不喜欢穿，中间的裤裆太厚，不舒服。

辫：骑行裤中间的护裆是麂皮做的，柔软又透气，但我们当时买不起，也不太能理解，薄薄一条骑行裤，怎么卖那么贵？后来在网上获得一个小锦囊，买女性的夜用卫生巾。

黄：卫生巾？

辫：对，我让海雁帮我买的。骑行途中，我每天早晨干的第一件事，是把两片卫生巾的十字花贴在裤裆里，再套上裤子。大家都住在一起嘛，莫菲看到我这个行为极其震惊，然后怀疑，最后崩溃。但我根本不在乎，我才不管他怎么想。到了第三天，早上起来，当我在做同样的事情时，莫菲过来了："小辫儿，你能不能给我也用一下……"为什么我们对装备不在乎？一方面是穷，一方面，穷则思变，当你到了死胡同，必然迸发出创造力。

所有这些，都是在骑行过程中找到的最朴素的解决方案。小零件也好，骑行裤这样的装备也好，不需要去在乎它们，这样才能将更多的精力用在兴趣上。很多地方，路过了就是路过了，永远都不会再回来，你只能在那时那刻，去全情地感受、拥抱。我为什么对四川人感觉那么好？骑行时，所到之处都有四川饭馆，最困难的时候都有四川人帮助我，我现在做啤酒的搭档银海也是四川人。很多时候，天快黑了，不能再往前骑了，经常住在四川夫妻开的饭馆里，我在前面喝着啤酒，他们在后边炒着菜，女的可能用四川话骂对方，男的情绪绷着，一边还颠着勺炒菜……这一切太生活了。

黄：你骑了七条进出藏线，后面的骑行是按照这个目标一条条计划的吗？

辩：刚开始没有目的，后来发现，已经骑了这么多条线，干吗不把它们全部骑下来呢？第一趟骑行所获得的在路上的那种兴奋感，已经让我深深着迷了，如果每年不去骑一趟，就会特别难受，所以这次骑完就计划着下次、下下次。每当展开西藏地图时就会规划，可以这样走、那样走，把原来没骑过的路都骑完。

这也是一种收集，我挺爱收集的，小时候收集糖纸、烟标，还收集邮票、粮票、古代钱币，更夸张的是，我初中就开始自己造"假币"了。我买了教做旧的书籍，最开始用橡皮刻模子，然后用各种方法做旧，甚至通过把它们埋在土里的方式做旧。到后来，我开始造铜钱，虽然具体细节现在都记不清了，但那个时候非常痴迷，买了好多关于古代钱币的书和各种字典，每本字典的后面都有历史年号，就做这些历史时期的钱币。我的梦想一直是学考古，到现在都特别感兴趣。我的"世界啤酒瓶博物馆"，也是我"收集"出来的。

当你收集了很多信息的时候，就可以比较宏观地去看一个东西。后来，当七条线都骑过后，藏区在我心中就是一个整体的存在。你说任何一个角落，我脑子里都有一张地图，比如滇藏线，有一部分是重叠于川藏线 318 国道的，而且滇藏线其实有两条，第一条是 214 国道，第二条是"丙察察"（丙中洛—察瓦龙—察隅），我 2004 年就开车走过。8 年后，2012 年，L.P. 要找一个对"丙察察"比较熟悉的人重走一次线，更新那条线路的信息，就找到我。

黄：所以你认识老蔡，蔡景晖？
辩：当然了，L.P. 来中国，他是中国的首代，他第一时间去"过客"找到了我。

黄：老蔡跟你应该年龄差不多？
辩：对，他、他夫人毛毛、我、海雁，我们是四只"老鼠"（生肖），四个同龄人。我是 L.P. 进入中国的顾问团成员之一，后来我跟 L.P. 的创始人托尼·惠勒成为忘年交，我们还一起在非洲骑自行车。

那是 2009 年，我去了 L.P. 在澳大利亚的总部，托尼邀请我去。到了澳大利亚，托尼宣布把他的股份卖给了 BBC，也就意味着他准备退休了，所以他把全球的 L.P. 作者都请到总部去。对很多人来说，L.P. 是一种精神上的存在，这些作者都跟了他十多年，所以大家心里五味杂陈。

当天晚间，托尼邀请大家做了一个 after-party（余兴派对）。托尼知道我很早以前就去西藏骑车，他说："我也喜欢骑车，这些作者中有很多喜欢长途骑行的，要不要明天跟我们一起骑？"我没有车，他家有好几辆，我去挑了一辆山地车。但我不知道，他们都是骑公路车，我英文不好，只知道明天一早出发，其他一概不知。他们其实就是早晨骑到墨尔本的海边，再骑回来吃早饭，我以为是全天骑行。

第二天早晨跑到托尼家，几个骑行的人都在，大家都穿着骑行服，我没骑行服，就穿一件薄薄的小风衣就出发了。一上路就发现，哇，人家骑得飞快，我跟在后边吭哧吭哧追。骑到海边40公里，往返80公里，去的时候我还能跟上，但到了海边，已经有点透支了，因为早晨没吃饭，托尼就每人发了瓶酸奶。我以为到了海边，怎么着也得吃东西吧，结果非要骑回来吃。哇，骑回来这40公里，实在跟不上，咬着牙在后面蹬也跟不上。为了不让我尴尬，等红绿灯的时候，他们就多等一个灯，差不多看见我在后边了，他们再往前骑。

最后，他们骑到了一个很大的草坪餐厅，餐厅提供自助早餐。托尼很细心，为所有骑行的人订了早餐，大家都很优雅地过去拿东西，我在他们吃一份的时候已经吃了三份，又饿又累。我英语很差，但托尼那句话我听懂了："Xiaobianr was very hungry.（小辫儿饿了。）"后来他做非洲骑行计划的时候，把我也考虑进去了。

黄：在非洲怎么走？纵贯？

辫：纵穿非洲，从埃及的开罗一直骑到南非的开普敦。他从全球招募16个骑行者，分成8组，每组两个人搭档，彼此接力。与此同时，还有一队人骑全程。

计划都做好了，大家要报名，我报的是最后一段，从纳米比亚骑到开普敦，差不多1400公里。其中有一天，是我人生中骑行里程最多的一天，220公里，非常震撼。但那一次，你光骑就行了，不需要背行李，有两辆大卡车随行，行李都放在上边。并且，一路上都有这两辆大卡车上的人给我们做饭，还有一辆路虎卫士来回穿梭，看大家是不是生病或者什么情况，就是负责后勤。

那次给我最大的震撼是，那部分骑全程的人太猛了，他们中骑什么车的都有，有的还躺着骑，好多人年纪已经很大了，包括七八十岁的老头老太太。我们总共才骑1400多公里，人家都已经骑好几千公里了，我记得上面写着：总里程12000公里！

那种骑行是我无法想象的，首先，一日三餐都给你准备好了，很舒服，还经常变着花样给你弄。有天晚上，就是我骑220公里的那天，巨累无比，我一进到营地，两个巨大的铁网子上已经在烤牛排了。这些人，白天是司机，晚上就是厨师。上面全烤着厚厚的牛排，管够，把车一扔，就过来吃牛排喝啤酒。

那天白天路过的地貌类似戈壁滩，没有草，很难骑，尘土飞扬。中午的时候，我已经有一点筋疲力尽了，午餐和喝水的补给点在哪儿？一看，四周啥都没有，因为大家体能不一样，有时队伍会拉得很长，前后是看不见队友的。突然，前面有一个大石头，像陨石一样立在那儿，很大。骑到大石头那里，有一张粉色的条纸，那是我们沿途的标识，只要按照这个粉色的条纸骑就行了。那是一个丁字路口，看到粉色条纸，就往这边走。结果，一拐过弯，那辆路虎卫士就停在大石头后边。那么热的天，他们不知道从哪儿搞来桌面这么大的一块冰块，把中间挖空，所有饮料、啤酒，都在冰块里。哇，那是什么感觉？直接车一扔就跪下了，这太让人惊喜了，他们太能搞这种小噱头了。

那次是托尼请我，我为了给他省钱，专门委托我的朋友叶岩——一个神奇的旅行规划大师，帮我买了一张需要多次中转的机票：从北京飞迪拜，从迪拜飞约翰内斯堡，再从约翰内斯堡飞纳米比亚首都温得和克，机票极便宜。托尼给我写信说，感谢我帮他们省钱。那辆自行车也是我到纳米比亚临时买的，1000多块钱，是我最贵的一辆车了。这么多次骑行，我的车没有超出1000块钱的，全是几百块钱买的。

黄：你都骑什么车？

辩：美利达的一款子品牌，很便宜，四五百块钱。

黄：你那七八年都骑那辆车？

辩：不是一辆，中间会换车。其中一辆车骑了两三条进藏线，那款叫勇士，也是美利达的，900多块钱，是我去非洲前买过最贵的车了。

黄：所以你一点都不迷信装备？

辩：我不迷信装备，够用就行。也能买稍微贵一点的车，但我觉得山地车挺好，够用就可以。并且，我以前车的很多零配件都能共享。

黄：只是买个车身。

辩：对。2003年，我从拉萨骑到尼泊尔，骑了14天。那次我做了一个极致的尝试，从北京出发时，不带自行车，只带三样东西：后视镜、头盔、鞍座。自行车我是经常换，但鞍座从来不换。"过客"从南锣鼓巷97号搬到108号后，我们经常办一些市集，比如旧物市集。在一次市集上，我从一个朋友手里买了这个鞍座，还挺贵的，他从韩国买回来的。那个鞍座都已经骑破了，但我缝缝补补一直用着。它左右很宽，前后很短，不会压迫你的裆部，那是我认为最舒服的鞍座。那种前后很长、左右很窄的扁长形鞍座特别不适合长途骑行，我在人民大学做分享的时候经常说，对男同学来说，骑那种鞍座走长途，那叫"绝育座"。

为什么带这三样东西？头盔保证你不会受重伤，至少能捡回一条命。后视镜也是救命的，我第一次骑青藏线的时候，就是跟王勇和庆波骑那次，碰到一个事情。其实那时我们有后视镜，后来在路上磕坏了，但我依然用皮筋把它绑在自行车的把上，我要熟悉后边的车况。

黄：绑在哪一侧的车把？

辩：一定要首选左侧，因为我们在右侧骑。我要随时掌握错车的时机，如果后面的车快，我就骑慢一点让它先过去，如果后面的车离我还远，前面的车离我近，我会快骑几步，和前面的车先错车。千万不能跟大车同时错车，那你很危险。在青藏线的时候，我判断后面的车离我稍微远一点，是一辆大的东风车，拉家具的，前面是一辆油罐车，但前面的车比较快，我就快骑了几步。结果，错过去以后还没骑几步，后面"咣"一声，两辆车撞上了。哇，如果我要跟它们同时错车，它们会管你吗？你一辆自行车，他的后视镜都看不见你，多危险！所以鞍座、后视镜、头盔，这是我必带的三件套。

黄：好，记住了。那次去尼泊尔……

辫：没有带自行车。我到拉萨后，当天晚间就去找康华。康华是我这一生中很重要的朋友，他在攀岩、登山、户外教育方面，是殿堂级的人物，也是"过客"的酒客，经常晚上一下班就跑到"过客"来喝酒。后来康华辞掉建行电脑室的职员工作，远赴拉萨，给谁做助手？尼玛次仁，当时西藏登山学校的校长。

那次见到他，我们长期没见面，肯定要喝一顿的。喝酒的过程中我就问，能不能在拉萨帮我找辆自行车？这次我不想带自行车，到尼泊尔后，要么把它骑回来，要么我从尼泊尔搭车回拉萨。他说你来巧了，尼玛次仁的自行车不骑，就放我这儿了，你干脆骑尼玛的车去吧。我一看，车很好，但要稍微调整一点。我在拉萨和背包客们借了一个燕翅把，就是像蝴蝶翅膀一样的车把手，那个对长途而言非常重要，你可以握下边弯着腰骑，也可以握上边直着腰骑。另外，安了一个新的脚蹬。反正借了好多东西，拼出来一辆车。

那次骑到加德满都，回来的时候，这辆车一拆，理论上，它的主体就剩下车身，其他东西都还给不同的朋友，这是我做的另一种尝试，只带三样东西出门。你就会知道，我的旅行其实是非常随意的。但整体而言，骑车对我来说真是特别愉快的事情，平时也不锻炼，基本上是早晨一拍脑袋，晚上就出发了。从来不做计划、攻略什么的，从来不看。

黄：有张地图就好了。

辩：对。

黄：现在用导航吗?

辩：在城市里要用的，我用导航不是因为不认识路，我要避开拥堵路段。在这方面，导航是非常好的工具，能提前告知。

5

黄：从南锣鼓巷 97 号搬到 108 号，算"过客"的一次重大转折吗?

辩：算。我们的发展并不以我们自己的意志为转移，或者不是我们自己想发展。南锣鼓巷 97 号只租了三年，三年到期了，如果继续租下来，那可能是另一个景象。有的时候，并不是我们自己想发展，是被逼着发展。

97 号不到 40 平方米，房东是两个姐姐、两个弟弟，等于父母把这房子留给了四个孩子。跟我们签合同的是小弟弟，使用权归他，但对外出租就不一样了，有收益，是不是给大家分? 三年到期的时候，姐弟四人意见不统一，有人想卖掉，有人想继续租，于是分头来找我们。搞得这么混乱，算了，我们走吧。

然后就找了南锣鼓巷 108 号，已经往南锣鼓巷南口，也就是平安大道这头又近了几百米。这一次被逼无奈的发展，说实话，开挂了。

108 号是个标准的四合院，院子还有门楼，冲西，很正规，很大。但四合院分租给了不同人：东房和南房是一家心理咨询中心；西房，也就是临街的这边，以及北房靠西的一间，是一家发廊；我们租的是北屋靠东的两间。

我们有一个木牌匾挂在门楼上，门楼很高，制式很大，人走进来，如果不抬头就看不到。更酷的是，"过客"旁边的门口放了一块白底黑字的牌子：北京 ×× 心理咨询发展中心。相当于，你要进到一家心理咨询中心去喝酒。后来我们开玩笑讲，喝酒就是一种心理疗愈。

咨询中心的负责人，一个南方人，个子小小的，皮肤很白，眼睛很大，很精明，很能做生意，特别能折腾，他是我们的二房东。108 号院的房产属于某个驻京办事处，这个人把整个院子租了下来，东房和南房用来做心理咨询，隔成一间一间的小房子，每间十平方米左右，是一间间单独的咨询室。咨询中心下午五六点就下班了，到了晚上，院子就给我们用，我们摆出桌椅，白天又收起来。

这个南方人性格比较乖张，我们是老老实实、规规矩矩的，如果合作好，怎么着都行，永远都可以走下去。但不知道为什么，他总是给我们提一些条条框框的事，甚至有时候把我们的桌子都给掀翻了。我们的员工讲，到底是谁需要心理咨询？感觉这个人心理不太正常。

后来到院子续租的时候，他跟驻京办也闹掰了，房东不愿意再跟他合作。他跑到驻京办大闹，摔盘子摔碗，踢踢打打。他可能想维持原来的价格，对方不同意，他就选择了一种比较极端的方式。而且"非典"来了，整个南锣鼓巷一个客人都没有，一下子就觉得天塌下来了。西房的发廊也退租了，因为不知道"非典"什么时候能结束。就这样，各种因缘下，我们把整个院子一起租下来了。这意味着，我们已经变成临街的铺面了，一共 400 平方米。

黄：还有个院子。

辩：中间还有一段插曲，当时这个发廊老板先签了转让合同给三里屯一个酒吧，老板是一个外国人。我和海雁知道这个消息后，马上想方设法把这个老板约过来："你如果在这里开酒吧，未来我们可能会有很大的冲突，不如你把合同转给我，我给你两万块钱。"昨天签了合同，今天收获两万块钱，他们就答应了。

黄：你们并不担心"非典"？

辩：不担心。塞翁失马，焉知非福。从此，我们就在那个地方生根发芽，破土而出。

当我们拥有整个四合院的时候，真的很兴奋，终于拥有了自己的一片天空。我们筹划着，东房做厨房，南房做商店，西房很通透，既能通过一扇扇窗户看到里边的院子，又能看到南锣鼓巷来来回回走过的人，一下子就让整个院子活起来了。我们所谓的发展或者变火，甚至，我们挣到第一桶金，是从那个时刻开始的。生意真的很好，非常好。

我们自己并没有什么发展规划，永远都在不得不的时候去做，挺像我的旅行，不得不向前走。还要有心理上的承受力，"非典"的时候，大家都在放弃，你反倒选择去拓展。如果没有那一步，我也不知道后来会怎样。

很多年前，蔡景晖问过我一句话，特别认真。他说，小辫儿，你们现在发展得很好，无论"过客"还是你自己的旅行，你觉得是什么造成你现在的局面？我没有任何思索，直接告诉他：运气。小蔡说："哇，你的回答跟托尼一模一样，我也问过他同样的问题。"

说白了，我们活着本身都是运气，何况我们干的事情呢？我一直都这么认为，包括骑车旅行。七条进出藏线路的完成，无一不是因为运气。计划也好，不计划也好，你去了，完成了你的旅行，平安回来，这本身就是运气啊。

我直到现在都无法释怀一件事。我的好朋友，孙平，他是1994年阿尼玛卿山山难——也是中国民间登山史上的首次山难——的唯一幸存者，我们关系很好，经常一起旅行。十几年前，他有一次给我打电话说，辫儿，我有一个朋友，他想去西藏骑行，你能不能给他一些建议？我跟孙平讲，我没见到这人，但我的第一建议是，尽量走川藏线和青藏线。说实话，几条进藏线路中，这两条是初级的垫底路线，因为沿途补给充分，不用担心有荒无人烟的路段。我说等我见到这个人，根据他的性格，我再给他提更好的建议。

2012 年，我和孙平两人开着吉普车重走"丙察察线"，就是受雇于 L.P. 那次。记不清在具体哪个位置，孙平接到一个电话。接完电话，能明显感觉到他特别难受。他说，你还记得那个要骑车去西藏的朋友吗？我说知道啊，我们约了好几次，但很奇怪，总是没有见上，要么他有事情，要么我有事情。孙平说，他死了，在骑新藏线的路上。其实，那时新藏线已经不像我走的时候那么荒凉了，但他骑到一个地方，突然爆胎，他没备胎，就搭了一辆车，结果这辆车出车祸了。是辆油罐车，爆炸了。

直到现在我都不能释怀，如果当时见到他，万一我给他的建议被他采纳了呢？但为什么阴差阳错，我们就没有见面呢？所以，你的努力、性格，其实都不重要，最后都是运气。这是有一定体悟之后才能毫不犹豫回答的。别人问，你为什么不做计划？为什么不锻炼身体？为什么不做攻略？这是很好的借口。其实，这些东西都是环环相扣的，包括"过客"的出现、发展。

6

黄：你们离开南锣鼓巷是哪一年？

辫：真正离开是 2017 年。

黄：从 1999 年到 2017 年，接近 20 年。后面南锣鼓巷发生了翻天覆地的变化。

辫：说到南锣鼓巷的变化，有几个重要的节点，真正的分水岭是 2008 年。在那之前，一路上坡，之后一路下坡。

黄：你说的下坡是指人变多了，变杂了，但生意不是更好吗？

辫：其实不是你想象的那样。"过客"本来生意就好，我需要更多人吗？后来，南锣鼓巷变成一种流行符号，我们喜欢的人不来了，我们不喜欢的人来了。一走一过，真的就成了过客。

黄：但你们竟然又坚持了十年。

辫：说实话，那十年我几乎都不去"过客"，不去那条巷子，打着小旗的旅游大巴停在那儿，你无法想象那种讨厌。到 2006 年，整个南锣鼓巷的氛围达到了某种顶峰，我们身边这些小店，有卖手工艺品的，有餐厅，有酒吧，有陶艺店……各种业态，整个像联合国一样。关键是，90% 以上的店主都是"过客"的客人。

黄：90%！

辩：绝对的。"老五"的老板，前几年我去英国领牛啤堂的奖时还跟我在一起，他是住在伦敦的香港人，年轻的时候在英国设计战斗机。每次来北京，下飞机后，拎着行李箱就来"过客"，在我们院子里先喝一杯咖啡才回家。

黄：你们跟"三天"真的很像，你们挨着中戏，他们挨着上戏（上海戏剧学院）。我去"三天"采访时，很多客人从机场拎着行李箱来喝一杯再回家。

辩：我们也是，很多客人一定是先到这儿停一脚才去干别的事。那些店，咱们就指着地图一家一家说，全是我们的客人。说"过客"是南锣鼓巷的原点，一点不过分，我们欣然接受这样的说法。

黄：所以到 2006 年时，店都开满了？

辩：都满了，而且旁边几条胡同也都开满了。记得有个老板叫陈龙，在老"过客"的时候跟我去了一次箭扣长城，之后在南锣鼓巷开了他的咖啡店；在"过客"办摄影展的蒙古族摄影师，后来在南锣鼓巷开了自己的酒吧和咖啡馆；英国客人多米尼克后来开了"创可贴"T 恤店；加拿大客人菲利普开了家川菜馆；法国客人开了法餐厅；澳大利亚客人开了一家绢布印刷摄影画廊；还有客人开陶艺馆和杂货铺……日本指挥家小泽征尔买了两件我设计的 T 恤送给他的孩子做生日礼物。还有刘烨的太太安娜，在她还不认识刘烨的时候就已经是"过客"的客人，每天早晨就在西边那个露台用电脑工作，就跟长在"过客"一样，因为她住在旁边的蓑衣胡同。

后来有个专家来，递给我名片，上面印着"文化专家"的头衔，这是什么玩意儿？这是个职位吗？他们要开发南锣鼓巷，有领导来找我，说要成立一个商会："你是南锣鼓巷第一家店，名声在外，你应该做我们商会的会长。"当时我就拒绝了。他们又说要不要当个别的什么，对不起，不干。

黄：你对这些毫无兴趣？

辩：毫无兴趣。

黄：既然 2008 年就变了，是什么让你们支撑到 2017 年？

辩：是惯性吧，就像每天习惯了吃饭、喝水。我那时在南锣鼓巷 114 号还开了一家新餐厅，那是我们商业失败的典型案例，当然没赔什么钱。我们有没有膨胀过？膨胀过，这家餐厅就是因为我们膨胀而后失败的案例。

黄：叫什么？

辩："与食俱进"，是家法餐厅，从"过客"往这边引流都引不来。

黄："过客"就是地下身份，法餐厅太绅士了。

辩：对，我自己其实特别期待改变，那时我已经讨厌"过客"那种到处都是破破的样子了，但我没有意识到，就是因为破，大家才喜欢。"与食俱进"非常高级，但没有灵魂。那个"文化专家"来找我，就是在这里谈的。记得当时我给他们提的第一个建议是：南锣鼓巷不需要政府参与开发。我经常去世界各地旅行，没有哪一条巷子是开发之后才变得又自由又美丽又让人向往的，所有街道都是自然生长的。如果你要开发，首先保持现状，一点点去梳理：这条巷子到底是什么东西吸引人？如果你不知道这条巷子的核心魅力，很可能（开发）就把它毁掉了。也许，一个私搭乱建的违章建筑，都有可能彰显了它的核心魅力。

后来有一次开会，我也依然基于这样的态度：不要着急拆掉它，先做一些调研，南锣鼓巷什么东西最重要？这条巷子里原住民的日常最重要，而不是我们这些外来人。他直接说，你赚了钱才这么说的。我震惊了，他能从这个角度解读你的建议，完全匪夷所思。慢慢地，我们结束了"过客"，离开了南锣鼓巷。

黄：牛啤堂像新时代的"过客"。

辩：对。

第
七
章

海雁的日记

说起"过客",怎能不提大名鼎鼎的南锣鼓巷呢？

1999 年和小辫儿发现这个好地方的时候，它平民气十足。夏天，光膀子的膀爷到处晃来晃去。冬天，各家门口都码着蜂窝煤，煤烟熏得整条巷子永远有一种洗不净的灰色味道。那时的南锣鼓巷像是没打粉底的小姑娘，自然、不懂修饰，而小小的"过客"，就缩在胡同深处，毫不起眼。对门小铺的大哥会天天在自家门口支上一张小桌，吃嫂子给酱的鸡脖子，喝一块五一瓶的"普燕儿"（普通燕京），一遍一遍真诚地质问我们："你说，你那一杯酒卖 10 块，和我喝的这个有什么不一样？！"语气里充满北京人的自足，却丝毫没有敌意。

那时，没人能预料，不过就是十年不到的时间，南锣鼓巷渐渐地花枝招展起来，"过客"也枝繁叶茂起来。这个过程像是一棵树的成长，不知不觉而又不容分说。

1

1998 年第一次走进南锣鼓巷前，我不知道，在未来无限长的时间里，我会在这里把自己的生活推向高潮，而在此之前，我租住在阜成门的一处塔楼里。据说那是 50 年代由苏联人设计的老楼，每层足有三米多高的空间。在 50 年代，那是为数不多的几座带电梯的高楼。我住顶楼，八层，向外望去，很远处才能看到一个银行的楼顶和一个商场闪烁的霓虹灯。近在眼前的景致，只是老北京一片低矮的平房和不远处白塔寺的塔尖——这就是我站在窗前目之所及的一切！时而有鸽子群在眼前一闪而过，清脆的鸽哨会长久地被甩在身后，渐渐消散在风里。

那时的北京好大、好空啊！像一幅有着留白的水墨画。

我那时刚毕业不久，和朋友共享着15平方米的局促空间，但并不妨碍我陶醉于自己小白领的简单日子：一块芝士蛋糕、一瓶百余块钱的眼霜，都会令我心生几许优越。那是我真的离开父母，设计自己生活的开始。我迷恋这彻头彻尾的自由，没有旁观者，没有评论者，当然，也没有参与者。

不知从什么时候起，这栋楼附近经常有一个瘦高的身影骑着自行车出没，脑后拖着一根粗黑的辫子，戴着刘伯承式的黑边圆眼镜。他的看似漫无目的，给戴红箍的大妈们增加了很多毫无意义的工作量。

这人就是小辫儿。

1998年8月的一天，我百无聊赖地躺在阜成门居所的床上看书，呼机响了，是小辫儿的留言："我要开一个酒吧，在南锣鼓巷，名字叫'过客'。"我的第一反应是：我喜欢这个名字！立即回电话过去，告诉他，很想和他一起做。从此，我告别了阜成门时代，跨进了南锣鼓巷时期。

2

1998 年 6 月的一天，在北京火车站的"站"字下面，我见到了刚到北京不久的小辫儿。那一年如果称为"户外运动元年"似乎也不为过，一些新锐人士不满足于传统的跟团旅行，尝试寻求突破。在北京，那时出现了两个有一定知名度的户外运动俱乐部，成员们设计开发北京周边的自助旅行路线，不定期地组织背包出行。

这批人自称"驴友"，小辫儿因为体能超群，比很多人更像驴，甚至得以凭此"卖身"到其中一家俱乐部，担当每次旅行的"黑导游"，以换取最基本的生活条件——比如晚间在俱乐部的地上打地铺，或者经常性地蹭饭，或者和一帮性情的北京土著厮混……本来很艰难的北漂生活，竟然被这人过得有声有色、活色生香！

那是一次由这个俱乐部组织的有 20 多个人参加的内蒙古草原活动，集合地点就是北京站。"站"字下面，老远就能看见一个瘦瘦高高的男人独自向东而立，一脸的络腮胡子和脑后梳着的黑黑粗粗的大辫子，使这人在一群闲聊的男男女女中显得无比突兀。

我已经回忆不起那次活动的细节了，只记得草原没有想象的美丽，星星也因为一直阴雨，没像之前说的那样洒满天际。最后一晚，团员们"杀"进老乡家的羊圈，自作聪明地薅住了一头高龄羊，在老乡家吃罢咬不动的手抓羊肉后，我们回到旷野里点上了篝火，一起坐在没有星星的草地上聊天。我和几个人就着炭火里烤熟的土豆，互相传着酒瓶子喝"草原白"。过了不知多久，小辫儿坐到了我旁边，居然还和我披上了同一条睡袋，坐在同一条防潮垫上！我每次轻抿一口酒后就把瓶子递给小辫儿，然后就听到很实在的"咕咚"一大口，瓶口随之泛起一些泡泡。喝酒见人性，此人倒还可交。

半夜，大家陆续散去，只剩我和小辫儿还有另外几人在帐篷外流连。我们用土掩埋了炭火的余灰，在黑暗中听小辫儿不成调地吹刚到手的埙。正在兴头时，突然有人从帐篷里向外大喝一声："别吹了！再吹狼就来了！"于是众人散去，各自入帐，片刻鼾声大作，磨牙声起。

回来的路上，路面因为雨水塌方，车在夜里耽搁了近12个小时。无奈之际，领队在车上大喝一声："站着撒尿的都跟我下来推车！"顷刻间，所有男士都冲了下去。车下很冷，满是泥浆，等推车的男子汉们上车，所有女孩儿都像迎接英雄一样地鼓起掌来。小辫儿坐到了我对面的铺上，他的鞋湿了，看起来很冷。我义不容辞地掀起一角被子，示意他伸进去暖暖。小辫儿略一迟疑，脱鞋伸脚过来。后来回想，这个人此刻已经种进了心里！

3

那次出行，小辫儿和一个女孩有过一次争论。他们两人都要去西藏，女孩坚持认为旅行一定要舒服、安全，必须有足够的经济基础！而小辫儿认为：钱和时间都不是问题，只要想，就算没钱，照样能去！二人争执不下，最后相约以实际行动来证明。

返回北京后不久，小辫儿当真投入到了骑行青藏线的准备中。因为没有工作，就不会有收入，没有收入就无法置办装备，没有装备就是死路一条——分析之后，我们私下都认为无业青年小辫儿同志痴人说梦而已！然而8月初，他竟如期从我们的视线中消失了。这一走，竟达3个月之久！

起初，我们都关注着他的动态，每有他的消息，俱乐部的朋友们就像基层开会传达红头文件一样自动召集起来，公布有关他的消息，随后发一通感慨。他把明信片寄给一个大家都认识的朋友，上边问候了俱乐部里几乎所有人，却始终没有我的名字！

某天午夜，我的呼机忽然响起来，上面显示，"海雁，明天我将独自进藏，我会在唐古拉山留下我的声音：我爱你！"

我第一个反应是确认发信人，然后又看了几遍名字，确认两者有对应关系后，我的心一下子收得很紧。我不知道"独自进藏"意味着什么，我十分关注这一点，但是不敢去看最后面的那三个字。下意识地，我把这条信息读了很多遍，然后把它锁住，又把呼机压在枕头下才睡去。

那一晚，冥冥之中，生出一种牵挂。

这次进藏，我得到的关于小辫儿的最后消息是在阿里，那里当时正流行霍乱。他在发回的明信片里说，他在发高烧，很想我们，并一一列举他想念的人的名字，还是没我！但我知道：这是一种最特殊、最私密的想念。我被这种有些暧昧的幸福滋润着。

此后，便再也没有他任何消息！

有人开始怀疑小辫儿已经遭遇了不测，然后，就没有然后了。毕竟我们的生活最不缺少的就是谈资，任何新闻都有它的时效，拖延太久，大家自然就很难再报以最初的热情和耐心。而我开始恍惚起来，我怀疑生活中是否真的有过这样一个人——一个一起在路边的苍蝇小馆喝过啤酒，在神山和圣湖边写下了"我爱你"的人。

小辫儿就这样渐渐淡出了我的生活，在我还没来得及想一想该接受什么或是拒绝什么的时候，这个人消失得踪迹全无。我想，我不过做了一个梦：一个人轻轻走过来，在我身边放下一枝玫瑰，然后，转身离开了。

小辫儿的回来和离开一样突然。

十一月的一天，一个朋友打电话告诉我：小辫儿回来了！我以尽量无关痛痒的口气说："他还活着？！"但其实，心里一块石头终于落地。这种口是心非，仿佛是为了掩饰什么。保持清醒！我告诫自己。

我们有了一次见面。

幸好，他对一路的艰辛只字未提。选择，也同时意味着接受由之而来的任何结果。如果存心用这样的经历去换些谈吐的资本，我会觉得比较无聊。

我请他撮了一顿。他在饭桌上小心翼翼地取出一枚戒指递给我，告诉我，这是陪他走了一路，唯一可以送我的东西。我想起电影《方世玉》里，苗翠花送给儿媳妇祖传玉镯子，媳妇感动得一塌糊涂，结果苗翠花一抨袖子，一串儿都是"祖传玉镯子"！我于是出于礼貌，将这枚路边藏饰店里极其常见的黄铜戒指揣进了兜里。

4

小辫儿回来后，很快就将精力投入到酒吧的筹备中。可喜的是，此后的七八年间，小辫儿依然保持每年的骑行。所不同的是，骑行进藏变得越来越容易，有时候是早晨起来收拾东西，晚上就踏上了西行的火车；或者出发前在高原和朋友通宵搓麻将，早上迎着朝阳意气风发地出发。总之，担心越来越少，他也骑过了所有不同的进藏线路。这些出行，一定在无形中给了小辫儿灵感，它在不着痕迹间也影响着"过客"日后的风格。

但若认定"过客"的横空出世全属偶然，这也不算实事求是。不久前借搬家的机会，翻出了 1999 年小辫儿缩在被窝里搽拾出来的《"过客"酒吧筹措可行性分析报告》。摘录如下，不求对他人有所助益，但求不要误导别人。

"过客"酒吧筹措可行性分析报告

1999 年 5 月 3 日

策划执行：金鑫、某崔姓兄弟

协作顾问：李国庆、何亦红、王海雁、四哥

一、项目组建目的

发挥个人及周边友人的个体潜能，提供生存空间内最大限度的自我完善、自我发展，推广"自助旅行"的概念，团结具有积极向上、进取拼搏意识的年轻人，共同营造集自然魅力和人文魅力于一体的空间，并逐渐形成网络、形成规模、形成时尚意识，同时做先期市场培养，影响市场，身体力行地实践"自助旅行是自由的、科学的"之理念。

二、项目组建内容

筹办一个为热爱自助旅行、向往自由的人提供交友、学习和沟通服务的场所（即酒吧），此酒吧非面向"大众层面"人士，而就其特色突出自身经营理念。

…………

六、项目机构设置

实行"酋长制"和民主集中制，拟设部落酋长 1 名，副酋长 1 名，服务生 1 名（兼职）。

…………

记得当时酒吧的首选名字叫"酋长制度"，主管审批的同志将申请表无情地甩了出来，正色道："我们要社会主义制度，不要酋长制度！重起！"这才心不甘情不愿地选了第二方案——"过客"。

客观地讲，小辫儿的"报告"措辞混乱，空洞无物，但是我不得不说：他的感觉很到位，一些在那时看来有如梦话一般的设想和推论，现在都正在或已经成为现实。

5

1999年7月，经过一个多月的装修苦战，"过客"终于有了些眉目，我和小辫儿于是择定"吉日"——11号，大宴宾朋，试营业。营业前的某日傍晚，与小辫儿最后一次和装修工人道别，我问小辫儿："该定酒单了，店里准备卖什么？"我当时还在公司上班，没有时间了解细节，这些事情只能靠小辫儿张罗。他想也没想："啤酒！""什么啤酒？""燕京呗！"我当即几乎晕倒，不知道并不可怕，可怕的是不知道自己不知道！那时小辫儿被我戏称为"三无青年"：没北京户口、没工作（当然也就没钱）、没住处，有的仅是满腔热情和一副经折腾的筋骨。眼见"死期临近"，即便我再是完美主义，也只能服从现实。

宴请朋友的头一天，临时打114查询到一处卖扎啤的地方，匆匆买了一桶啤酒对付了过去。之后很长一段时间里，就靠这一桶桶啤酒撑过了一个个歌舞升平的夜晚。

当时最大也最急切的愿望，就是能有一个酒吧容我进吧台去大大方方看上一眼。吧台里的布局，对于那时的我来说，完全是一片未知的神秘领域。这样也好，索性想咋样就咋样呗！我们按自己的理解设计了台面和水池，再摆上像模像样的洋酒瓶子。有了舒服的灯光后，简陋的酒吧凭空就生出几分姿色来，加上我们只在晚上营业，谁还盯住几颗"雀斑"不放呢？

说到洋酒，当时迫于资金极其紧张，且对酒水知识一无所知，实在无法订货。无奈之下，小辫儿想了个办法，他借来一位朋友收藏的洋酒瓶，灌进水，放在吧柜里。深色的瓶子还好对付，如果是透明的瓶子，还得调出些颜色才真实，记得一瓶兑了少许酱油。让我吃惊的是：小辫儿勾兑的颜色竟然同真的威士忌几乎一样，虽然他那时没见过威士忌！这可能也是开酒吧的天分吧。

起初没人会点洋酒，后来慢慢就有了。客人点时，我们就大言不惭地告诉他："对不起，今天卖完了！"有客人半信半疑地看我们一眼："换一种。""对不起，也卖完了！"偏有较真的人指着吧台里兑了水的瓶子问："那不还有吗？"我们就正色相告："不好意思，那是留着自己喝的。"事后，我常常转过身去，冲着墙，替客人说自己一句："有病！"

那时的客人只把这样一间小店当成自家客厅一样随便，并不提任何更高的要求，甚至对我们不专业的操作也报以像对自家人一样的宽容。

我至今记得第一位客人光顾时，我们的忐忑不安、欣喜若狂和诚惶诚恐。那是一位法国女士，点了一扎啤酒和一份甜爆米花，向门独自坐着。递上酒水后，我一直躲在角落里紧张地注视着她的一举一动。结账时，我用很小的声音告诉她：Thirty（30元）。心虚得倒像是我欠着她的钱。客人放下钱，微笑着说了声"谢谢"。她走后，发现爆米花剩下很多，我和小辫儿的第一反应是：她一定不喜欢这里！我抓了她剩下的爆米花尝了尝，确认没问题，那么就是价格问题，是我们太贵了？那个时候，我们对一切问题都过于紧张和敏感。

那时的客人不多，唯其不多才显得金贵，我们也才可能和每位客人都有很多交流。这种交流的结果，就是账本上客人的名字五花八门，大部分记录的都是一眼就能识别出的外貌特征。当时的酒水单上有一款用黄瓜榨的果蔬饮料，是从一本书上抄来的配方，我们自己根本没试，有一个中戏的女孩每次来必点，我们就私下里叫她"黄瓜女"，所以当时的账单上总能看到"黄瓜女"这个名字。至于"高跟鞋""冰水哥哥"之类随口就来的临时称呼就更多了。看那时的账单，就像在看一幅幅鲜活的漫画。

那时最常出现的几位客人，都被我们冠以"'过客'十大杰出青年"的光荣称号，这"十大"中，首屈一指的就是现今（2008年）在演艺圈如日中天的刘烨同学。我眼中的他内向、敏感而且善良，每次来都选最隐蔽的角落。他那时最钟情的一款饮品是鲜榨芒果汁，非它不点。但我要揭发一下自己的"丑恶行为"——为了节约成本，那时的芒果都是捡人家要收摊时的撮堆

188

货买！那时没别人喝这玩意儿，就刘烨识货，所以那时的"撮堆货"都让刘烨买单了！刘烨日渐走红后，再来"过客"时不再随便说话，这倒也无妨，可能只是职业习惯。一日，朋友来电话，让我看刘烨的网站，竟有人专程从外地奔赴北京，只为到"过客"——确切地说，只为到刘烨到过的"过客"，"手抚着身后的椅背，猜测着这或许是刘烨倚靠过的那张椅子"！

6

在"过客"的历史上，小猪呼噜有着浓墨重彩的一笔，那是我第一次真正养宠物——唯一的一次，也是最后的一次。

呼噜刚来时不满两个月，从头到尾，一巴掌多一点。两头纯黑，身子粉白，皮肤的色泽和质地像极了婴儿细嫩的小屁股，我没有任何理由不从见到它的第一眼起就狂爱它，我甚至愿意让它长成自己身上的一块肉，就此天天带着，须臾不离。这种狂爱，以至于我不忍心用"它"去称呼呼噜，而愿意当它是"她"。

呼噜来了以后，中戏的漂亮女孩子们常常成群结队来"过客"，只为有机会一睹其芳容。面对这样一只远远超出想象的超级宠物，任何失态的表现都不足为奇，有惊声尖叫的，有拍手狂呼的，有和她分吃一块比萨你一口来我一口的，更有姿色绝佳的中戏妹妹抱着小猪嘴对嘴狂吻……那时的呼噜真是集万千宠爱于一身啊！

呼噜在我们齐心协力的溺爱中逐渐变得肆无忌惮起来，在店里，她最钟爱之处就是厨房，小辫儿有一个精辟的描述："呼噜不在厨房，就在去厨房的路上。"我曾眼见她扒开厨房冰箱的门，叼起一块火腿撒腿就跑！呼噜对厨房的热爱使她在厨房很不得人心，经常听到厨房里有人大喝："我炸了你！""我炖了你！"然后就是呼噜的一声怪叫。我想象着厨房的场面，一定很卡通，就像《猫和老鼠》。

不过，只要离开了厨房，呼噜就是绝对幸福的，有人喂她吃羊肉串，给她吃果盘，灌她喝啤酒，甚至为她打包鲅鱼馅的海鲜饺子！有天一直很忙，错过了吃饭时间，直饿得我前胸贴后背，这时有人拎着打包盒进来，把盒子递到我手里，认真地告诉我："这是给呼噜打包的鲅鱼饺子！"我看着饭盒不知该说什么，只能忍着，看呼噜吃。

呼噜打小就贪杯，最好喝啤酒，每每被客人抱上桌子，只要闻到啤酒味便会失态，进而到失控的地步。有一次，只短短一会儿没看见她，再找到时，她早已瘫在客人的桌子上起不来了。客人说，她先是抢吃了自己半张比萨，然后一脑袋扎到杯子里，瞬间喝光了啤酒，最后就醉得花容失色、不省人事了！

呼噜的名声越来越大，以至于有盖过"过客"的苗头，越来越多的外国客人进了院子就问："Is this the bar with a pig？"我们麻木地点点头，指指趴在桌上的呼噜，客人于是惊叫："Oh, really! Oh, my God! Oh, no！"然后直向呼噜扑去。

呼噜以惊人的速度生长着，2斤、5斤、10斤，直到突破12

斤大关！送呼噜来的人说，像呼噜这样的香猪，最大不会超过12斤。当呼噜轻而易举地突破了20斤、30斤的大关，并继续向更不可知的体重逼近时，我们终于知道：上当了！当她长到快100斤的时候，我不得不为她的每一顿饭发愁了。于是，忧虑接踵而至。

忧虑之一是如何解决呼噜的一日三餐以及餐后必然的代谢问题。她食量超大，无论喂多少东西，瞬间就吞吃得干干净净，随后立即开始代谢，把我刚铺好的猫砂一次就用掉！第二个忧虑更愁人，呼噜不知从何时起，性子变得暴烈起来，常常不明所以地咬人。每当这时，她全无征兆，只是低着头，像在沉思，黑白分明的小眼睛斜着看着你，突然，在你全然没有防备的时候，扑上来狠狠地咬一口！呼噜就这样逐渐失宠了。

我对打狂犬疫苗的程序了如指掌。我一直对此百思不得其解，也许是因为我的疏忽，没能给她提供一个合适的环境，才导致呼噜心理变态的？因为住在院子里，呼噜根本不可能有自己的作息时间和生活空间。在日复一日的喧哗中，只要有客人在，呼唤便不断地被人观看、指点、抚摸、逗弄。在这样的环境下，不变态才怪呢！

呼噜从不伤害我和小辫儿，她表达亲昵的方式是用鼻子使劲儿拱你，这是从小就有的习惯。但呼噜越长越大，每每在我们身边撒娇后，再看我俩的小腿，常常是一块块青紫！我们和呼噜之间的感情，就像一只金鱼和一只蝴蝶。金鱼对蝴蝶说：让我们一起游泳吧！于是，蝴蝶在水面上跳起了舞，并且以为给了金鱼最想要的。

我们不得不给呼噜另寻一处人家了，这人除了提供呼噜所需的一切外，还必须保证以宠物待她而不是作为肉用。

几经周折，终于有朋友愿意收留。那人家里有很大的院子，门前是自家的餐厅，吃的东西应该不愁。她是想把呼噜送给父亲做宠物，她父亲什么动物都喜欢，照她的说法是："就差再养一只猪了。"我想，这应该是最理想的条件。

送走后，我刻意不去过问呼噜的情况，但很为它的处境担心：作为一只宠物，要有取悦主人的主观愿望和客观效果，因为主人宠着就本末倒置忘了自己的身份，这对一只宠物而言，前途是很堪忧的！毕竟，人们连长久保持对一个同类的爱都很难，更何况是对一只不明事理的猪呢？我隐约觉得，心底的一部分空间被清空了，像整理过的硬盘一样整齐，只是略有一点儿空洞而已。

7

有次和朋友聊天，他说自搬家后（指由南锣鼓巷97号的老"过客"搬到108号的新"过客"），"过客"有种味道淡了。我一直在想这个问题，最后，我找到了答案，是人情味淡了。

以前的老"过客"鱼龙混杂，穿行着各色人等，其中不乏骗子、混混儿、酒腻子、破落艺术家、暴发户、流浪汉……让人又爱又恨。而现在的"过客"，清一色彬彬有礼的客人，他们是被称为"社会中坚力量"的较高收入者，或是一些有着各种来头的腕儿、角儿……都有着良好的教育背景，举止文雅得体。大家都规规矩矩后，便应了一句话：水至清则无鱼。每日清汤寡水，了无生趣！

而更大的变化，其实是我自己的内心，我对了解别人不再有兴趣了。以前，我总是抱着浓厚的兴趣去了解不同的人，我用录音质量很差的随身听记录过与很多人的对话，有常年的流浪者，有想法怪异的戏剧家，有满身劣迹的"不良少年"……而现在，各种各样的人都变得不足为怪和见怪不怪后，我常常选择躲避和少开口说话。和人接触的乐趣好像上帝给我的翅膀，它让我随时可以飞翔，而现在，我的翅膀飞不起来了。

当形形色色的人在"过客"只剩下唯一的身份——"顾客"时，"过客"真的就要变成生意了。我意识到了这种危险，这很无奈，一家店竟会像一个长大的孩子一样，拥有自己的性格和气质，变得不受控。这时候，你自己竟然被甩开了，这可能就是商业的轨迹。

但好在，我曾经记录下那么多人的痕迹。

神秘人物

这人规律性地出现在"过客"，频率最高的时候是在平房期的老"过客"。

此君个子不高，四方脸，戴金边眼镜，斯文。此君那时到"过客"逢点酒水饮料必喝够八份，那时我兼做吧台，记得很清楚：喝可乐，前后一定喝八罐；喝咖啡，前后一定喝八杯；连极难喝的苏打水，也一定要喝八杯！让我欣慰的是，他是那时唯一舍得喝白兰地，并且一次也要喝够八瓶的人——这是"大客户"呀！在那段刚创业的艰苦岁月中，他不但身体力行地支持了"过客"的存在，还给了我们希望——继续撞见更多"大客户"的希望，生意会越来越好的希望！

此君颇为神秘，一来就坐吧台，微微笑着，不急不缓，只拣一些无关痛痒的话说，一旦话题涉及任何与自己身世背景有关的内容，就顾左右而言他，或者讲些让你辨不出真假的话来。我曾开玩笑地问他是不是安全局的，他同样不置可否。于是，7年过去了，此人姓甚名谁，从哪来，回哪去，谋何职，我一概不知。

酒吧是一个容人想象的地方，一切都大白于天下就会索然无味。对于这种种故事，我保持既不探究，也不揭穿，更不发表意见的中立态度，因为我知道，江湖里若全是实打实的真英雄，也就不是江湖了。

酒腻子

以前对于"酒腻子"，只听过没见过，托"过客"的福，开业不久就见着了，该人只是那时出现在"过客"的众多酒腻子中较有代表性的一个。

酒腻子的通病是喜欢在喝高了以后找碴、抬杠或吹牛，然后趴桌上狂吐，如果还因出言不逊而招致一顿暴打，那戏也算唱全套，可以谢幕了！

　　这人四十来岁，眼神一贯地飘忽、颓废。其实，喝醉不难，难的是，此人从没有在清醒的时候出现过！他在平房期的老"过客"屡屡滋事，对我的酒吧职业生涯起到了重要的启蒙作用。

　　有一次，他遇到我们一个朋友，像遇见知音一样讲了一肚子掏心窝的话，说自己是对越反击战中负伤退伍的，还与我那魁梧的朋友掰手腕比腕力，以证明自己军人的体格。他看起来满腹牢骚，怨天尤人，并且自暴自弃，像一只等着人抱的病猫。

　　我和小辫儿那时每天营业后就睡在店里，最为恐怖的一幕是，在将要关门时，这人推门而入。这种不请自来的神实属难送，我和小辫儿那时不择手段地进行自卫，用各种方法先将他诓到屋外，急转身回来插门，关灯，然后就再也不敢出一点声音。这人通常在外面先站一会儿，有时不明所以就走了，更多的时候是回来用力推门，含混不清地喊着："开门！开门！""过客"破旧的小木门在他的撼动中嘎吱作响，我缩在只有微弱光亮的屋子一角，觉得好像史莱克在外面咆哮，说不出的恐怖。就像身后有大怪物追你，求饶也没用，因为它听不懂你说的任何话！

　　终于有一次，这人无端地和小辫儿打了起来。那天恰好我不在，事后听小辫儿讲，他无奈中报了警，两人一同进了局子。进去不多久，那人酒醒了，立马毕恭毕敬，与醉酒时判若两人。他看起来对局子里的办事风格和程序了如指掌，显然来过不止一次了。从那以后我们就知道了，很多酒腻子都是纸老虎，全靠那一口酒劲撑着呢！我们也再不怕一切酒腻子了。

自从"过客"搬进了院子里，这样莫名其妙的人不知道为什么越来越少了，也不知道这人过得如何？我很担心他的肝，不过他却练出了我的胆。

吹牛皮

一般的吹牛皮早不稀罕了，我欣赏的是有一定想象力和胆量的。这样的牛皮吹好了跟科幻小说似的，能启发想象，推动社会进步。

刚经营的那一年，我们不懂，也没钱雇"长工"，凡事我都亲力亲为。我身兼调酒师、服务生、收银员以及保洁员等数职于一身。那时是不敢生病的，但越是这样越出问题，一次不小心扭了脚，脚踝肿得像包子一样，那一阵我是单脚蹦着在店里服务的。

有一晚，一个常来的客人很关切地说："不行，你这样必须得看病！看中医吧，推拿最有效！"他低头沉思了一下："这样吧，我让秘书在朝阳医院给你挂个专家号，明天一早我让司机来接你。"说得斩钉截铁，不容置疑。我还没来得及反应，他又补充一句："我的车是一辆小凯，很好找。"像想起什么似的又补充说："噢，不行，凯迪拉克进不来这胡同！明天你还是打车去朝阳医院吧，我在门口等你。"我当然不能去。此君找机会还向我暗示过他家有着多么"特殊的背景",信誓旦旦地说:"你要去我们家看,跟故宫似的!"

还有一次,也是唯一的一次,老"过客"有人打架。那次是一个中国人"对战"六个人高马大的外国人。我当时见情况不妙,提前进厨房将能看见的刀都扔到了墙缝里。果然,事态不可控制地极度恶化,那个失去理智的同胞冲进厨房找刀,见没有,一拳砸碎了厨房的玻璃,捡起一块一尺多长的尖玻璃冲出去追那群老外……

时隔很久,有个胡同里的小孩(也是那时常来的),长得胖乎乎的,说话总喜欢扭脖子,问我:"那傻 × 还来吗?就是那天打架的那个?"我疑惑地摇摇头说:"再没来过!"这小孩仗义地讲了一个故事:"我那天拉了一车人去找那傻 × 了,告诉那小子滚回家去,再不准到'过客',否则我见他一次揍一次!那小子跪地上直求饶!"我如同听评书一样将他的故事听完,连"谢谢"都忘了讲。后来又见到那个打架的人,略有些尴尬,但并没有躲躲藏藏受惊吓的模样,所以我想这故事可能是编的。不过无论如何,至少说明那孩子很在意"过客",即便在想象中,也要将自己变成仗义的侠客。

假仗义

"假仗义"一般在小中餐馆常见,喝着二锅头,无论是谁,一律拍着肩膀说:"兄弟(发音 dei),以后有事说话!"这种人在

"过客"不常见，只是打架那晚，在我吓得抖作一团的时候，一位客人一直坐在一边低头不语。警察走后，他走过来以英雄的姿态告诉我："我坐那儿一直没动，你放心，有事儿我一准出来！以后有事说话！"他其实没有出面为"过客"铲事的责任和义务，但这话确实画蛇添足。

碰瓷儿

有过几次这样的"锻炼"后，我迅速成长起来，再遇见找事儿的，扬言要"封了'过客'"时，我可以淡淡地告诉他："随便，我是吓大的！"

那次是个"碰瓷儿"的，看起来很"职业"，他清楚地知道我们的心理：作为一家开门迎客的店铺，是很不愿意在客人最多的时段惹事的。同时，他巧妙地钻法律的空子，绝不做任何出格的事。相反，指着警察喊："老子没犯事，我看你们谁敢动我一下！"气焰很是嚣张。对于这种扯皮的，警察也束手无策。当时门口围观的人已经将路都堵死了，影响极不好。我看真没辙了，只能拍拍那人的肩膀说："哥儿们，想了这事跟我走，找地儿说说好不好？"

我把这人带到胡同口一家小饭馆，坐下来。他威胁我，要马上叫人来，让我"明天就开不了门"，然后做出要打电话状。我并不拦他，笑着说："你先打，你打完我再打，看看咱谁的电话管用！"这厮反应倒快，知道自己叫不来人，我若真招来人，他反而麻烦了，于是迅速关了手机，不找人了，要和我"单独解决"。

我虽是第一次遇见这种事，但知道这种人像苍蝇，没啥大麻烦，但不能马上哄走也很烦人，尤其是他了解我做生意的心态，因此必须马上镇住他才行。我不紧不慢地说："我在这片是第一家开店的，风平浪静做到今天，没人惹我。我还告诉你，你小子也不用费神打听，我没背景，也不认识任何人！但我告诉你，你吓不住我！"说完，从他那儿借了支烟，是中南海（典5）的，心想，这小子可能没烟钱了，出来蒙点儿烟酒钱，也怪不容易的！

"说吧，你想怎么着！"心想赶紧把这事了了，还一屋子客人呢！这厮一口咬定受了伤，一定没完，最终提了要求，要我给3000元了事。我吸口烟，也没看他，自顾自地说："3000黑了点儿，我就100，要就拿去，算我请你喝顿酒，不要算了，想怎么办，我奉陪到底！"

这厮还算识趣，捏着钱说："得，你要这么说，这钱我还不要了，算交个朋友！"然后把钱装进兜，继续说："东城××认识吗？第一号大流氓，那我哥们儿！明儿我带你那儿喝酒去，给打个折！""打折？打你大爷！"我心里暗想，嘴上却说："行啊，来的都是客，我一定好好招待，不过我做的是生意，我妈来也得给钱！"

8

在"过客"这十年间，同一扇门被无数次推开过，形形色色的人进来了，又离开了。"过客"一次次地由喧闹转为安静，人去屋空的时候，就只剩下袅袅的音乐徘徊。这个过程像是一棵树的成长——也许你不会知道，如果你曾经来过，你的出现就如同长在这树上的一片叶子。我喜欢看每片叶子在树上停留的时光里自在地随风摆动，享受着他们的季节，享受着他们的好时光。而他们的每一次离去，又恰如一棵树的一季，那一定是店里的灯熄灭的时候，是一棵树的冬季到来的时候。在这暂时的萧条里，我知道，新的生命正在孕育。在这周而复始的轮回中，"过客"的树枝上渐渐显现出一种繁盛，正是你们这些出现在"过客"的灵魂，赋予了"过客"真正的生命力。

永远的王子和会魔法的老猫

王子和公主的故事只属于童年，而会说话的青蛙和稻草人，在你刚懂事的一瞬间便已经永远闭上了嘴巴。不是童话抛弃了我们，是我们抛弃了童话。我一直都是这样想的，直到他们两个人出现。

那时候，酒吧刚开始装修，白天和小辫儿一起与狡猾的工头以及各路主管部门周旋，晚上自发地就会有各路朋友聚拢来大吃、豪饮，醉生梦死一番。半酣以后，席地坐在某处，一帮人借着微微的酒意，谈人生谈理想。我通常是从写字楼里出来，穿着职业装，带着香水的余味穿梭半个城市扎进这一群人中，幸福地和他们胡乱说着、喝着，再赶着末班车，在半夜的时候漂回阜成门租来的住处，把自己混沌地扔到床上。我知道这时候，小辫儿肯定已经人事不知地倒在什么地方睡过去了，比如那时中戏门口的开阔地界，很多次，他们一干人喝多了就睡倒在那里，第二天是被早晨扫街的人从地上扫起来的。我说不清是不是喜欢那时的生活，反正觉得心里有一些朦朦胧胧的憧憬和希望，还有被这憧憬和希望支持着的热情。

又是一次这样大吃狂饮的时候，朋友领来了两个外国人。经介绍，年轻的是西班牙人Email，老一些的是法国人阿郎。他们在进行一项"身无分文徒步全球"的计划，这次是从伦敦徒步、搭车，经印度到北京；按计划，还要经蒙古、白令海峡到阿拉斯加，在那里利用时差，庆祝两次新千年的到来。

这是一项宏大的计划，但他们碰到了一个致命的问题：没钱办签证！他们必须先在北京停留两个月左右，一边打工，一边想办法办理蒙古的签证。我明白了：是两个国际流浪汉，需要我们进行人道主义援助，有钱的捧钱场，没钱的捧人场。

领他们来的是哥们儿王勇，他怕我们为难，解释说："他们是我哥从西班牙使馆给'捡'回来的，'批'给我了。我一想，你们这儿缺人呀，好歹有拉砖头、扛石头的重活、累活，也别心疼，就让他们干得了，不然也显得咱见外。再说了，顺道还雇俩外国打工仔，显咱牛啊，是不？"既然是朋友之托，我们也无话可说。小辫儿看了一眼满身灰土的 Email 和阿郎："我吃啥,他们就吃啥呗,至于干活,愿意做就做,不愿意拉倒!"

我们就这样定下了两个人未来两个月的生活,转头看看他们,Email 瞪着那双纯真的眼睛,略带一丝腼腆的微笑,阿郎则一副无所谓的神情,似乎这些人谈论的是一件与他无关的事。

"你看 Email 像不像一个西班牙王子?"我发现侧着头的 Email 轮廓非常美,他一头微黄的长发在背后随便扎着,穿一条很脏的背带裤,像逃学的孩子一样斜挎一个包。但这样的打扮,丝毫不妨碍他时刻流露出不经意的优雅来,从他的眼睛里看不到猜疑,看不到戒备,看不到嫌恶,看不到属于成年人的混浊,有的只是一种毫无修饰的单纯。

在小辫儿把租来的大约 13 平方米的平房给他们住而自己改住工地的两个月中,据说他们夜间始终关着窗子睡觉(那可是六七月呀),因为不知谁好心"提醒"过他们:"北京的警察对像你们这样'偷偷'住在北京的外国人管得可严了!"在他们离开北京,小辫儿打算搬回去住的时候,我清楚地记得,开门的一刹那,一股混浊的热(臭)气将我顶了出来!小辫儿迅速退了房子,再没回去住过。

尽管如此,我还是觉得穿着臭袜子的 Email 是个王子,受这样的苦,我相信他是在为帮助他的人着想,用尽量克己的方式来减少给别人带来麻烦。Email 最喜欢电脑,曾经是一家很大的电脑公司的部门经理,手下有 20 多人,并且薪水相当不错。但是有一天,像大多数喜爱旅行的人一样,他最终决定要选择更自由的生活。为此，他放弃了工作，而且为了实现"travel the planet without money"的理想，他将所有东西和钱分送给了朋友，彻底断了退路，然后告别父母和姐姐走出了家门！

很多朋友听说"过客"收留了两个国际流浪汉，便经常过来友情帮忙。一个不算太有钱，却很有些公子哥儿派头的朋友，时常带他们去洗澡，还带他们去秀水街置办了些"行头"；有人帮助联系媒体，希望能得到一些赞助或是解决一些实际问题；还有人拿了笔记本电脑来，以便他们联络。Email白天出去联络一些事情，晚上就通宵守在电脑前，为这次行动制作专题网站，以使更多的人通过网络实时了解他们的动态。

有一次，Email说他可以"直接联网到美国五角大楼"，大家都以为他在开玩笑，没当真。过了一会儿，他真的把网联到了五角大楼的军事防御体系中，我们吓了一跳，他却狡黠地笑笑，然后把网迅速断了。

其实，他这一小手不露也罢，我们从不觉得他是个流浪汉。甚至，Email现在的角色极有可能是一次兴之所至的客串。也就是说，只要Email愿意，他随时可以重返那个被他抛弃了的文明社会，摇身一变，又成为一个西装革履的绅士也未可知。Email的不同之处在于，他比我们更多一些选择的机会和勇气，因此无论处在哪种环境中，他都比我们更从容和得心应手一些。所以即便同是流浪，对有的人来说，流浪是一种结果，而对另一些人，流浪只是生活中一小段注解、一种可供选择的方式。

Email曾经指着脖子上戴的异常多的、各种风格的项链告诉我，他去过很多地方，遇到过很多女孩，每次分手时，喜欢他的女孩们就送他这些东西作纪念。他抻出两条告诉我：一条是他临走前姐姐送他的，一条是他最爱的女孩送他的，都从来没摘下过！他用十分珍视的口吻断断续续告诉我，那是一个爱尔兰女孩，现在日本，他非常爱她，也非常想她，等这次旅行结束，一定去日本找她。他一直贴身带着两个人互相写的小纸条，女孩儿上班前在他枕边轻轻放一张："亲爱的，我去上班了，晚上见！吻你！"很多这样的小条，Email都随身带着。

后来在那个公子哥儿的帮助下，Email和阿郎终于得到了蒙古的签证。但是，他们在俄罗斯的军事区未获通行，几经辗转，Email最终去到了日本。

过了很久，一天晚上，我推开"过客"的门，看到Email就坐在吧凳上！并且，他真的带来了他的公主，那个爱尔兰女孩！Email说，他将暂时告别流浪的生活，去日本教英语，他会和他的"公主"在日本生活一段时间后再作别的考虑。我无法向他表示我全部的祝福，唯有紧紧和他拥抱在一起。

说到阿郎，他有一种与生俱来的懒散、狡猾和自得，属于吃饱了就可以靠着墙根拍肚皮晒太阳的那种，极其随遇而安。有一次，小辫儿看着快乐喝啤酒的阿郎，竟用一种无比神往的语气说："如果有一天我们也能这样无忧无虑地手拉手去讨饭就好了！"我竟无话可讲！

阿郎对生活的要求极低，对他而言，只要有烟和啤酒就足够了。在北京的那段时间，他一直喝瓶装啤酒，抽"都宝"，竟不怎么见他吃饭。他不大的眼睛总是很亮，即便在因为喝酒或熬夜（那一定也是因为喝酒）而布满血丝的时候，也总是异常地亮，加上他总戴着一顶鸭舌帽，嘴角还有两撇儿小胡子，使他看上去机敏，甚至有些狡猾。

记得第一次见到阿郎时，我有种直觉，虽然他看起来若无其事地坐在我们中间，丝毫不参与我们对他和 Email 的讨论，但我觉得他什么都懂。他有次告诉我，他曾经在广州生活了 6 年之久，和当地一个开酒吧的女人生活在一起，并且有一个儿子！所以他说自己"能听懂一些汉语"，其实何止"能听懂一些汉语"，他甚至可以讲一些简单的广东话。

有时候觉得，阿郎像童话里一只会魔法的老猫，经常趴到窗台上看着你，他不会妨碍你，也不会打扰你，属于不正也不邪，不美好但也不妨碍自己可爱的那种角色。

阿郎经常在太阳快落山的时候一个人来酒吧，坐在外面临街的台阶上吸烟。时不时地，还会坏坏地模仿那些商贩们的言行，逗得我们大笑不止。一个法国人，不远万里来到中国，就这么坐在胡同的小饭馆前，喝一块五的"普燕儿"，自得其乐地看过来过去的人，也被过来过去的人看着，这是什么精神？这是大无畏的国际流浪汉精神！

阿郎在北京的时候从不去找工作，但凭着一张标准欧洲人的面孔，却可以十分从容地出入三里屯一带的酒吧，并且通过自己的宣传和游说，最终找到心甘情愿为自己掏酒钱的人。甚至有一次，阿郎还拿回了 200 块钱，说是一个美国人在感动之余送给他的！他得意地向我晃着，问我"要不要"，我笑着摇摇头，他就收了回去。那一晚，他喝得格外醉。相对 Email 来说，阿郎不是选择去流浪，而是他的天性正好适合流浪。

迅速适应了这里的生活后，阿郎很快就找到了自己的位置，像一个楔进木头的钉子，很快与木头咬合在了一起。那个时候，他甚至可以告诉我们，哪个酒吧什么时间可以喝到免费的啤酒，然后坐很长时间的车，在一个很偏僻的地方找到一家很不错的酒吧，带我们狂饮一顿。最后，他还能使酒吧同意当晚留宿，并让他一直喝到第二天下午！

但他也有孩子气的时候。有一次，在一个网站的策划下，他们在一个很大的酒吧举办了一次现场的募款活动。Email 和阿郎都很高兴，因为这可能帮助他们解决蒙古签证的费用。阿郎一定要小辫儿帮他做一个放捐款的特别大的盒子，自信地说，会有很多人被感动而慷慨解囊的。小辫儿没那么乐观，只做了个小盒子。那天的活动效果非常不好，阿郎只收到几百块钱的捐助。现场响应的人很少，阿郎手捧着那个募款盒子，有些滑稽。

其实阿郎可以是一个不错的木匠，他最初的工作就是木匠，后来因为受不了老是待在一个地方，就开始了在世界各地的流浪生活。没钱的时候找一些活儿干，赚些钱，然后继续走下去。路上就是他的家。

阿郎和小辫儿一起做了我们的吧台，他的木工活儿漂亮、麻利，而且和小辫儿配合得十分默契。做完这一切后，他拍着小辫儿的肩膀认真地说："它会成为北京最棒的酒吧！NO.1, you know？"见我们没什么反应，又一次加重语气说："The NO.1，相信我，我去过世界上很多地方，我知道什么是最好的，你的酒吧会成为北京最好的！"

后来我又从无数人（尤其是外国人）口中听到这样的赞美，但阿郎是第一个发现它的美丽的人，也是第一个使我们获得宝贵信心的人。我们慢慢变得坦然起来，接受着越来越多的赞美，也接受质疑和指责。这样的心境，使"过客"不会惶惑，不会东张西望、手足无措，相反，它在平静中逐渐摒弃一些东西，更执着于自己的追求。

阿郎被工作的快感涤荡着，他又自告奋勇地承担了酒吧内布线的任务，并保证说一定会在消防部门验收前完成。但是，时间一天天过去，却很难看到他的人影。在还剩最后一天的时候，心急如焚的我们通过朋友请到了电工。阿郎那天下午回来得出奇早，布线刚进行一半，他看到施工的情况后，情绪突然变得异常地坏，毫无顾忌地大声和工人吵着，用生硬的中文冲他们喊："你们下来，你们做得不对！"他一次次去拉站在梯子上的工人，任性得像个不讲理的孩子。两个师傅最后忍无可忍地向他瞪起了眼睛："有本事你来干！"

过了一会儿，阿郎不见了，小辫儿让我去他住的地方看看。他正往大包里一件件塞东西："我想走了，我太累了，我要休息，你知道吗？"他的眼神一下子没有了光亮，变得黯淡起来。

"你去哪儿呢？这里不是你的家吗？"

"Yes，it is my home，but too many people.（是的，它是我

的家，但人太多了。）我想去一个没人的地方，我知道一个公园，那里很好，我想就一个人睡在那里。"

"别走好吗？你是我们的朋友，你不要走！"我几乎在恳求阿郎。

"好吧，不过你要和我喝 3 瓶啤酒！"居然有这样的讨价还价！我立马答应了，别说 3 瓶，就是 30 瓶，我也会和他喝，只要他真的不走了。

一瓶啤酒喝下去，阿郎像一台老式汽车又被灌满了油一样，双眼立刻焕发出了光彩。他向我讲起在广州的故事，广州的中国女朋友也叫 Susan，恰好和我的英文名一样。他们在一起生活了 6 年，但后来，他像着了魔一样地想继续他的流浪，于是什么也没说，有一天，他离开了她，再没回去过……说到这里，他的眼圈红了。我问他是否后悔，他摇摇头说，他只能这样，他必须这样生活。然后，一仰脖，喝完手里的酒，从地上捡起他的包，看了我一眼，拍拍我的肩："谢谢你，再见吧，我要走了！"我呆住了，不知道这是怎么回事。阿郎走出院子，走进街上，融进了人群。

黄昏的时候下起了毛毛细雨，背着大包的阿郎不知正走在这个城市的哪个角落，而我们以后可能再也不能见面了。一想到这里，我和小辫儿就非常难过。我们打电话给朋友，让大家帮忙寻找。天黑的时候，小辫儿说，找到阿郎了！原来，邻居告诉小辫儿，他的外国朋友喝多了，睡在了"过客"边上的面包车旁。

阿郎后来终于还是走了，并且将我们那个公子哥儿也一同游说了去，还在路上收编了另一些人。不过，听说阿郎懒散的老毛病又犯了，不但招来了公愤，还有一顿拳脚。他们后来都没能去成白令海峡，而阿郎则辗转去了日本，此后再没消息。

对阿郎的怀念有了越来越多的复杂情绪，这只会魔法的老猫会在你刚要亲近他的时候，"情不自禁"地叼走你一条鱼，在你刚有些恼火的时候，又用小法术给你一个惊喜。他是这样真实地生活着。

他用脚走过了欧亚大陆，走向任何一个他想去的地方。每当我向阿郎表示出佩服时，他就认真地告诉我："你也可以，这没什么，只要你愿意。"阿郎的生活使我相信：可能与不可能的区别，首先是做与不做，甚至是想与不想，如果连想的权利也不肯给自己，再短的距离也是不可逾越的。

对"过客"来说，阿郎他们代表了一个时期。在那些个夏日的黄昏或是晚上，在那条熟悉的巷子里，聚集了那样多不安分的灵魂。每个人都在心里种下理想，没人去评说它的可行与真实，只是让这些美好的念头在"过客"相互碰撞，迸射出四溅的火花。

寻找乐荣华

后来在"过客"出现的"异类"越来越多，我慢慢不再把他们当作这个繁华都市边缘游走的一群人，也许他们的价值标准、个人追求乃至人生体验都与众不同，就此而言，"对错"无足轻重，重要的是：他们真实地存在过，被别的人改变着，也改变着别人。

所幸，在我仍把"了解不同的人"当成工作和生活的乐趣时，我用不同方式留下了一些记录。乐荣华就是那时推门而入并被记录下来的"过客"之一。

乐荣华，又名"黑根""乐与悲"，男，浓眉大眼，四方脸盘，身高一米八以上，魁梧有型。曾从事过的职业，据不完全统计有：饭馆临工、职业模特、时装设计、导演、记者、作曲、流浪诗人、外企白领、全职探险者等，还曾就读于电影学院，后赴意大利深造时装设计。

如果时间停留在1999年我们初识的时候，那么老乐（小辫儿从一见面就这样叫他）30岁。老乐在1998年尝试远途旅行，先后遍游云南和青藏沿线，由此一发不可收拾，行踪就此飘忽不定。2001年2月起，他由敦煌徒步横穿塔克拉玛干沙漠，至8月才现身京城，其间音信皆无，朋友多疑其失踪，甚至遭遇不测。2月17日15时42分，小辫儿拨通了老乐的手机，响了很久，没人接。15时50分，家中座机铃响，是老乐回过来的电话。

老乐：喂，你好！哪位？

小辫：是我，小辫儿！你在哪里？怎么不打招呼就跑了，我还要找你喝酒呢！

老乐：我在敦煌，我头几天打过电话，没通，你的酒吧也没人。

小辫：我还为你备了头灯呢，你这次几个人，多长时间？

老乐：原来有 4 个人——司机、向导、一个帮忙的，还有我，现在向导不去，失去了"罗盘"，他原来是余纯顺的向导。

小辫：没有向导你还走？！

老乐：对，我已经为这事准备了大半年。现在到敦煌，感觉有点热，沙漠里不怕冷，但是怕热，冬天好些，现在有点晚了，但还可以。

小辫：手机能打吗？

老乐：前两天还行，但出敦煌可能就没信号了，我明天就走。

小辫：你出来后一定先给我回个电话，一定要多多保重！

老乐：噢！再见，辫子！

镜头拉回至 1999 年 12 月 16 日晚上。"过客"正在准备一场关于川藏线的讲座，中央台一个栏目来了两个记者，准备拍些东西。他们在酒吧里打着大灯，满屋子灯火通明，人头攒动。这时，一辆出租车停在了"过客"门口，车上下来一人，直奔酒吧而来。

此人着黑色缎面中式小棉袄、黑色牛仔裤、黑皮鞋，头发散乱地披在肩上。他背一个很大的包，进来后并不四下张望，径直对见到的第一个人问道："小辫儿在吗？我找小辫儿！"我听见后，走过去告诉他，小辫儿在外地，过段时间才能回来。他放下包，自顾自介绍说："我叫乐荣华，走过塔克拉玛干，我知道小辫儿的故事，是特意来找他的。"说完，便打开包，一样样如数家珍般往外掏东西："这是我走塔克拉玛干沙漠穿的鞋，都坏了，是我自己缝的；这是我在路上装葡萄糖的瓶子；这是一块没舍得吃完的馕，现在还可以吃呢……我把它们都带来了，送给你们！"望着这一桌子的东西，我愣住了，一时间不知所措。

老乐那晚给我们介绍了他的塔克拉玛干之行，他一直不知道下面坐着怎样一些人，也不介意大家其实并不为他而来，更不知道那些明晃晃的灯光对他有什么意义，只是很投入地讲着，而我们，则把他和死亡对抗的经历，像块发酵的馍一样咀嚼着，唏嘘着，感叹着，然后咂了咂嘴，说了声："真不错！"

老乐不善讲述，那天晚上很多细节都忘了，但我始终记得，有人问起他下一步的计划，他走到一张挂在墙上的地图前，看了看，平静地用手指着一处说："我准备从这里（嘉峪关）一直走到这里（埃及的金字塔）。用四年的时间，去穿越五千年的文明！"那一刻，我没有质疑，相反，一种从头到脚的激动袭遍了全身！

老乐后来在"过客"举办的讲座，是"过客"所有讲座中最别具一格的。他说着说着就会坐到桌子上，习惯性地向后拢着头发，给静静坐在下边的听众讲他的塔克拉玛干之行。但没过多久，就转而激情四射地读他的诗。读完了，下面一片沉默。大家都没听懂，这是必然的。他似乎对这场面并不在意，他在沙漠中也曾给骆驼读过他的诗。

那是1998年，他从意大利回来后，身上还有一些银两，于是去了川滇藏地区，最后一直走到了新疆。在和田，老乐借了5匹骆驼，由和田古道开始了纵穿塔克拉玛干之行。因为没有经验，进沙漠后，赶上骆驼的发情期，5匹骆驼性别搭配不合理，它们总在打架。有一次，老乐打了其中一只，谁知这时骆驼的脾气比他更糟，还了老乐一脚！一阵剧痛后，老乐的腿不能动了，他没多想，本能地回身抽出匕首，准备刺向那匹骆驼，但当他与骆驼的目光相遇时，老乐扔了匕首，转身掏了一块馍喂给骆驼，然后坐下来念自己的诗。"骆驼平静了下来。"老乐说。

被骆驼踢了的腿后来发炎，在中途一家医院，院长亲自为他看伤，并无偿给了很多药。老乐认为自己得到的太多，不知如何表示谢意，于是在那家医院献了血，说留给需要它的人用。他说，这是那时唯一属于自己，而且可以分享给别人的东西！可一个什么样的人，才会想到用自己的鲜血去回报别人的善良呢？而他自己那时也正处在危险的边缘。

从塔克拉玛干回来，老乐想到的第一件事就是和心爱的人分享这段经历，但他已经没机会了，女朋友离开了他。这是必然的，就像他读自己的诗不会得到共鸣一样，他们彼此使用的，是不一样的语言。

我曾试图去解释老乐的出行，但那是徒劳的，他说要去"寻求一种诗歌的精神"。今天，探险活动越来越渗入商业化运作的痕迹，个人退而成为一个具体项目或是计划的招牌，如果还有人不识时务地坚持自己的率性，那就只能承受社会对其表现出的不配合和不认同了！老乐的执着恰似孩子对一件玩具的态度，是那样使人感动的本真和无功利。

有谁曾经注意过日历中随便的哪一天呢？我翻开 2001 年 2 月 17 日的报纸，相关的信息这样列着：2 月 17 日，星期六，晴间多云，气温零下 3～8℃，深证指数 441.6，上证指数 1941.9。我还知道，那天北京正上演林兆华的话剧《查理三世》，巴黎在播放中国历史影片《荆轲刺秦王》，而印度尼西亚巴厘岛地区前一天下午发生 6.8 级地震……这一切有什么特殊意义吗？没有！但是，在那一天，有个叫乐荣华的人正歇在敦煌的某个小旅馆里，准备着他穿行沙漠的计划。

从这一天向历史那一端看去，英国的库克船长再次去寻找南方的新大陆；挪威探险家托尔·海尔达尔已经被邀请去主持冬季奥运会开幕式；四川青年尧茂书正孤身一人驾驶着橡皮艇漂流长江；余纯顺正用他孤独而坚毅的脚步丈量着广袤内陆；马丽华徘徊在她心爱的藏北大地……这些人的出现，最终使我们的历史变得厚重起来，使你不能匆匆翻过，非停下来驻足观望不可。于是你发现，那里写满了你想象不到的东西。

时间在不知不觉中一点点过去，也曾有过一些人循着我们的"寻人启事"提供了线索，并试图使我们相信那个人就是老乐，但他们都不是。然而，至少我们知道：老乐还活着，为他的理想活着。

听刘雨田讲故事

　　刘雨田，1942年出生于河南省长葛县，原是新疆铁路局一名干部、优秀工作者。1984年辞去机关工作，由徒步万里长城开始了探险生涯，并成为中国历史上第一位职业探险家。他曾四度横穿"死亡之海"塔克拉玛干沙漠，只身闯荡"死亡地带"罗布泊，并独立完成了87个探险项目，写下800多万字的考察日记，成为联合国教科文组织公布的"世界十大探险家"中唯一的中国人……

　　如果刘雨田曾经是一些人心里的英雄的话，那只能说，如今是"英雄末路"。我知道刘雨田从不需要怜悯，但我该用怎样的心情和词语去描述那位曾经坐在我面前的刘雨田呢？

　　刘雨田在"过客"出现过几次，身边总有一些莫名其妙的身影，或是某演艺界人士，或是某大公司老板，间或还要接一些来自美国的问候电话。在我们这个日渐成熟的商业社会中，如果你无处可逃，说明你具有价值了，被别人开发的价值。但我还是只想认识一个逃离了这个虚浮世界的刘雨田，哪怕只是一会儿。

　　6月23日，我们在没电的"过客"里点着蜡烛，有了一次静心的交谈。

　　海：现在还在继续你的探险计划吗？
　　刘：还是塔克拉玛干沙漠，已经准备几年了，今年无论如何也要完成，计划十月份去，大概两三个月吧，可光有计划不行啊！（稍许沉默后抬起头）光靠别人也不行啊！

海：这次的资金需求有多大？

刘：有个三五万就够了，他们（赞助商）过去都给我许得太大了，都是几百万、上千万。

海：现在筹集够了吗？

刘：（摇头）都是说得一个比一个好。

海：要是资金不足，就不能走了吧？

刘：看吧，是借点或怎么样。

海：我能感觉到你的艰难，你想过是什么原因吗？这里有没有什么技巧？

刘：我就是一根筋探险！一是我个人的问题，我个人素质不行；另一个，没遇到能够把自己的利益放到一边，真正去做事情的人。其实（获取）利益也是应该的，可是这件事情（探险），看似是个人的，其实是国家的，如果摆不正这个关系，就把这件事糟蹋了。

海：我记得你曾经有一个经纪人，后来合作不是很愉快，跑掉了。

刘：真正的内忧外困哪！是精神上的一种坚持使我现在还存在着，我觉得还是用最原始的工作方式最好，不贪大求全。找不到最有力的支持，那肯定做的质量不见得高，但是只要你做，就是最有说服力的。

海：感觉这次见到你，微笑少了。

刘：笑不起来，咋笑呢？都是为生活所累呀！物业午夜会打电话说，你的房子到期了！本来一家老板说："你做我的顾问，我给你解决住处。"我说："做你的顾问，说明你看得起我，但用不着这种方式，你不是想给我赞助吗，第一笔钱就先用来付这个房费，如果没有赞助，就先记着账吧。"第一次他付了一个月，第二次付了半年，第三次你说我怎么开口啊？

海：你有没有想过，找一个丽江或是别的相对自由的地方住？在北京这样的环境里，你的反差太大，会不会对你造成伤害或带来痛苦呢？

刘：挺好玩呢！比如走钢丝就很有意思，再比如瀑布，有落差才壮观！如果都是千人一面，有什么意思？我的形象，以前他们看不惯，这都不重要，我不是为他们而活。比如我的长头发，那是我生命的纪念。你可以不看我，别理我，汽车走汽车道，马车走马车道，这种宽松自由就是人权哪！

海：这次来，你的头发顺多了。

刘：这次去深圳，几个小孩非要给我洗洗头，一洗，乱得更厉害了，几个人花了五六个小时才梳通，真是感动，人家这也是一种真诚吧。

海：有没有想过把个人行为转变为社会行为，比如你探险所产生的东西，是不是也应该反馈给社会，向支持你、关心你的人做一个交代？

刘：这就属于一个人的责任问题了。我经常为了生存而东奔西跑，我已经搬了21次家！有些资料丢了，有些被水泡了，或者被老鼠咬了，没办法，穷啊！之所以想搞一些赞助，也是想先有个地方安定下来。再有，最初写这个东西就是给自己看的，作为一种纪念，那个时候大家都不接受这种行为，现在就觉得是自己文化素养不够。

海：你的日记是什么样的风格呢？像你日常讲话一样，跳跃性比较大呢，还是什么？

刘：说不准，像自己刚生下来的孩子，不知道他会长成什么样，自己不敢看，也不知道，就是当时的一点观察，一点感觉和想法罢了。红旗出版社的社长、作家出版社的副社长，都为出书的事情找过我。但是第一，我的层次还不到；第二，我每日为生计奔波，没有精力去做这件事情。有800万字的文字，一万多张照片，如果我离开了，也就都没有了。

海：你现在是不是会有一种"名人"的感觉？你怎么看待公众对你的态度？

刘：这其实是国家的问题，这么大一个国家，名人不多，全在历史上了，都是皇帝，有几个是真正像牛顿、爱因斯坦一样的大科学家、大思想家、大艺术家？说实话，太不相称了！但问题在于你自己，你必须清楚地知道：名人也不过是个人！不是名人的时候，你可以说："当名人有什么了不起！"但一旦成了名人，你还可以放下，那就不同了。假如你把名利看得很重，你被它俘虏，也就完蛋了！我现在很少接受采访，我只是一个很普通的人，就是为自己活着，你吹我、捧我，或是反对我，对我都没有什么。但我对工作的要求是很高的，我喜欢探险，能够走到这个道路上，是很不容易的。

海：在这近 20 年的时间里，是否为自己设定过目标？

刘：没什么目标，最开始就是想走长城，长城走完就回去。但是没想到，长城走完就出名了，也回不去了，工作没了！

海：与那时候相比，你现在的心态有一些变化吗？

刘：那时候人们都在下海，我是全部投入到探险里了。我那年到北京也是这个时候，半夜没人了，就提个筐到菜市场的垃圾堆里去捡烂菜叶子，几天就靠这个为生，那是1986年前后的事了。最困难的时候，我记得靳羽西在建国饭店采访我，我想他们带我出来，我就不用管了，当时非常穷困，身上没带钱。完了以后，他们并不管我，我只能从建国门走到王府井，真饿，真想喝杯啤酒，但没钱。我看到一家餐厅里坐着一对夫妇，带着一个孩子，要了四个菜，我知道他们肯定吃不完，就坐在他们旁边看书，等他们走了，我坐过去接着吃。我一直记得那个鱼香肉丝，那样红红的颜色，很诱人哪！那是我第一次要饭。那天王府井人很多，我不管，也不让路，就横冲直撞愣走，见啥撞啥。我在为国家工作，最后得到的就是这些？其实撞别人，是在撞自己！

海：是一种悲愤吗？

刘：是悲愤！不平！我在给国家工作，他们在谈天说地，还把我炒掉了！

海：现在这种心态是否已经有所改变？

刘：这种状态早过去了，要是没有这种磨难，我可能早回铁路局了。现在已经平淡下来，对对错错，是是非非，没有意思，我相信一条人生定论：大丢失，大收获；小丢失，小收获；不冒险，无所得。我丢失的东西太不重要了，我得到的，包括国家的认可、吉尼斯纪录，这些虽然都是虚名，但一般人要得到也是不容易的！

海：现在的经济来源主要是靠赞助和朋友的帮助吗？

刘：主要是靠朋友帮忙，可怜我吧！

海：你有很好的资源，用这些东西去换一个可靠的生活保障，应该是一件很公平的事情。

刘：你不要用这些常规思维来考虑这些问题，很多人就习惯小打小闹，都是为了生计，就是急功近利，出本书啊，出点名啊。我就是要学习人家"钻牛角尖"的精神、形而上的精神，做一件事，就要把自己放一边去。我要是为我自己，也可以，但这就对不起"探险"这个符号。

海：你刚才提到的"吉尼斯纪录"，是什么时候申报的？

刘：1998 年，王××（可能是吉尼斯纪录申报的上海负责人——海雁）见到我时说："唉，雨田，我找你太不容易了，你得来给我捧捧场啊！"一般一项的申请费用就是 8000～10000 元，他说："我不但不收你的钱，还请你吃饭！"后来他们给我的定位是"中国历史上第一个职业探险家"。

海：他们会对你的项目进行考证吗？

刘：不可能把 80 多项全列出来啊，这是对我的信任，这就是人格的魅力了！要是按一般情况，这是不允许的。那时候（1992 年前后）我在上海很有名气，上海东方电视台直播四次，左边是他们台长，右边是余秋雨。一出来，警察都要给我维持秩序，签名什么的。《东方之子》这样的栏目，一般上一次也就行了，我上了两次，后来还被我推掉，节目组说："中国只有两个人和我们唱对台戏，一个是钱锺书，第二个就是你刘雨田！"

…………

当晚刘雨田谈兴很好，临走已是午夜两点多，我们一直送他到平安大道，他执意不上我们叫来的出租车，只双臂一挥，说一句："都是行云流水。"然后转身大步走了。

返回酒吧，已是人去屋空，寂寞的音乐漫无目的地四散飘动着，店里的服务员小声嘟囔了一句："刘雨田还能走下去吗？"没有人回答他，毕竟是快60岁的人了！那些曾经的辉煌，被人们像一块馍一样反复地咀嚼着，咂摸着其中的滋味，到再也嚼不出什么的时候，只会一下咽掉，转而再去撕下一块。人们不会去回忆一个英雄，他只要不是历史，就会希望他用不断的奇迹来回应人们的期盼。

刘雨田还会继续走下去吗？我也这样问自己。如果所有人都不再认为，只有继续行走才使刘雨田的存在有意义，那才是他真正的解放！

不知道为什么，那是一个奇人辈出的时代：余纯顺、刘雨田、宋小楠，还有唐朝、黑豹、刘勇、张楚……都那么有胆量、有魄力！那时候的"过客"流露着一种很重的"流浪"情结，朋友们捡到的"东西"总喜欢放到"过客"来，比如阿郎和Email，还有没人收留的小狗。而"漂"着的一些人，也不自觉地投奔到了这里。

9

我喜欢听客人在电话里自如地说"我在'过客'！"理所当然得如同说"我在家呢"。"过客"就同接头暗号一样，一切都不用多说。

"过客"曾经是成功的，它提供了我和小辫儿过我们想要的生活的可能，小辫儿还继续着他每年一次的独行。无数人羡慕我们的状态，我也一直这样以为，直到有一次，一个人在家的时候，无意间看到一组恐怖剧的镜头，害怕到不敢关灯。我才意识到，自己像所有女人一样，需要依靠，而此前我一直以为自己无比独立，和别的女人不同。

但我已习惯了，这种看起来很"独立"的习惯，其代价就是，我不再懂得需要，不再懂得思念。当小辫儿不在身边的时候，我知道自己需要一个人，但并不牵挂，不担心，甚至不再思念。这种奇怪的感受就像厌食症，你的身体需要进食，心理却拒绝食物。或者像失眠，你疲惫，渴望睡眠，可无法入睡。你分不清身体和心理到底是谁在欺骗你，谁又在控制你。

我这样记述的时候，我知道，很多人开始质疑爱情。的确，在很多人眼里，我和小辫儿无比幸福，无比和谐，我像最亲近的人一样爱着小辫儿，但我不知道如何让自己去觉得我需要他。我想讲的，是"过客"的真实故事，而不是一个美丽的爱情童话。

写这一段的时候，小辫儿从梅里发来短信："天冷，早点回家睡吧，多盖被子。"眼泪无法控制地流下来。我很希望我和小

辫儿都是一头驴子，像所有的驴子一样"嗷嗷"地对着叫，满足于拉一天磨后睡在一个圈里。我害怕小辫儿是一匹千里马，而我却是一头骆驼，虽然我们都吃草，但马会站着睡觉，骆驼却是躺倒的。

——海雁于 2008 年

　　海雁的故事里，有一些细节与小辫儿讲的不符，可见并没有一个绝对客观的事实，每个人的回忆里，都有一份独属于自己的"真实"。这些轻声细语讲出来的故事像一面镜子，映射出小辫儿与海雁之间的爱，也映射出"过客"的魅力，一种"永远年轻，永远热泪盈眶"的精神，一个流浪汉的精神家园。

下篇 · 牛啤堂

第
八
章

世界啤酒之旅

1

黄：还在"过客"的时候，其实你已经对啤酒非常入迷了？

辩：对。2004年，我去上海参加一个食品展销会，是全国很大的食品展销会之一，每年举办。因为1998年之后，我就不喝啤酒之外的酒，所以展销会上，我只关心啤酒摊。比利时和德国的啤酒摊又大又火，想尝一杯他们的啤酒，根本插不进去，人太多了。旁边有一个美国的啤酒摊，特别小，一个标准展位，3米×3米，人也很少，尝一尝吧。哇，一下子就打开了我对啤酒的理解。以往的啤酒，比如德国啤酒、比利时啤酒，是不太强调啤酒香气的。

黄：啤酒花是？

辩：一种藤蔓植物，学名叫蛇麻草，现在管它叫"啤酒花 ii"。啤酒的香气有几个来源，其中之一就是啤酒花。啤酒花有香花、苦花和香苦花之分，香花给啤酒带来香气，苦花带来苦味值，所以喝啤酒的时候，香气和苦味来自哪儿，是可以追溯的。恰巧德国和比利时这两个啤酒王国都不强调啤酒花香，德国啤酒的香气主要来自麦芽，比利时是来自酵母，在香气方面，美国啤酒花的品种，对欧洲简直是碾压级别的。

黄：你就这么遇见了美国啤酒。

辩：对，那是我人生中第一次真正体会到浓烈啤酒花香气的啤酒风格。美国的啤酒花太强了，它的苦和香都很突出，尤其是美国风格的IPA（India Pale Ale，印度淡色艾尔啤酒），在全世界流行了十几年都没落伍。现在很多小白，也就是啤酒的初级发烧友，都要到啤酒店里点IPA。我经常问，IPA是什么？他说不知道："我就知道IPA很火，要点一杯。"

IPA有英式IPA、美式IPA、西岸IPA、浑浊IPA等各种各样的IPA，英国是它的发源地。给你讲个在诸多溯源版本中曾经最流行的一个吧，相传英国人殖民印度时，需要从英国往印度运啤酒。有一次，因为温度、光线等原因，啤酒在运输途中坏了。在印度的英国人喝到后："这什么东西！全变质了，喝不了！"后来，英国商人想了个办法，在运输时往啤酒里加大量啤酒花，啤酒花可以保鲜，但同时会导致啤酒很苦，最后就是又香又苦，但运到印度后，至少能喝。所以在印度的英国人喝到这款啤酒时，是超级苦的版本，但英国本地并没有，就叫India Pale Ale，就是专门往印度输送的淡色艾尔啤酒。

后来，有趣的事情发生了，当这些在印度的英国人重新回到英国时，他去酒吧喝酒，你想——

黄：他已经喝惯苦味的了。

辩：对啊，他强烈要求酒厂继续给他喝运往印度的啤酒。这叫文化逆输入。贩运到印度的啤酒风格，原本只供印度，最后返销英国，再流行起来，为什么？大家对这个已经习惯了，又苦又香。你说这是大家的计划吗？其实是由于偶然，继而形成习惯出现的。

还有一种风格，Russia Imperial Stout，俄罗斯帝国世涛，因为叶卡捷琳娜大帝喜欢帝国世涛这个风格，于是大家都往俄罗斯去卖，几乎只卖给俄罗斯，所以前面加了个"Russia"。没想到这个风格在很多年后变成世界流行。

就像吃辣的，第一次吃了辣的，下一次就会吃得更辣，然后越来越辣。啤酒也一样，它的口味是叠加的，最后只能喝最烈的那款，之后再形成另外的循环。人的口味，从侧面看，是螺旋式上升，但是当你从上面俯瞰，它其实是循环，围绕着一个点，绕了一圈又一圈，最后又回到原点上。其实就是一场复兴，但这场复兴，经过了无数次螺旋式上升。

啤酒这个领域，最有趣的是偶发，而不是技术。很多文化的现象，不是计算出来，也不是技术推动的，往往是失误造成的。很多款啤酒风格来自酿酒师的失误，他本来想酿这个，结果失败了，但还挺好喝，大家就接受了，进而变成一种新的风格。

总之，从此我就对美国啤酒感兴趣了，再加上老板确实很殷切，那儿本来也没什么人，我就跟他要了联系方式。我说我要卖你的啤酒，哇，很贵，当时卖到 600 多块钱一箱。

黄：一箱是？

辩：24 瓶，每瓶 330 毫升或者 355 毫升。

黄：跟你们现在的价格不也差不多？

辩：差不多，但那时的 600 块钱挺贵的。那时的德国啤酒，500 毫升一瓶，进价才 9 块钱，但在酒吧要卖到 35 块钱。那这美国啤酒得卖到多少钱一瓶才能把这个钱赚回来？这笔账大家都算得清楚。

黄："暴利"呀。

辩：说实话，不算暴利，其他成本太高，房租、人员、物流、储存等。但是毅然决然地，我进了，因为我喜欢，一直卖到 2017 年。

所以你看，2004 年的时候，我就已经在"过客"卖美国精酿啤酒了。由于我喜欢啤酒，加上又有收集癖，只要看到没喝过的，就想在这儿卖。后来，"过客"卖的精酿啤酒有 200 多种。2005 年，我邀请给美国啤酒做品牌顾问的袁子能老师在"过客"做一期关于美国精酿啤酒的分享会，他讲到了美国精酿啤酒的发生、发展，酿造历史。但是太早了，早到大家根本听不懂，一直到 2012 年，中国这场精酿啤酒革命才真正开始。后来有一天，我收拾破烂的时候，找到那期分享会的讲义，好几十页，一翻，十年前，人家已经讲得特别系统、专业。所以你看，做一件事，早了没用，晚了也没意义，只有刚刚好才行。

2

黄：展销会之后呢？

辫：我把那款啤酒的瓶子留了下来，这是我保留的第一个啤酒瓶子。后来的近20年，我在全世界92个国家和地区收集了13000多个啤酒瓶子，我收藏了一个"世界啤酒瓶博物馆"。

中国第一份关于啤酒风格分类索引的海报——《世界啤酒族谱》，是我整理、翻译、设计的。三联书店的汪家明老师，经常去我店里喝啤酒。我在给他讲啤酒的时候，经常引用我自己做的一张图表，就是后来的《世界啤酒族谱》的雏形，汪老师强烈建议我把它出版了。第一版出了5000份，第二年就卖光了。前年我又出了第二版，从200多种风格增加到了300多种。并且，我把全世界所有啤酒的血缘关系捋顺了，所以叫"族谱"，里边有"爷爷""父亲""儿子""孙子"，甚至"重孙"，这个称谓是我的发明，所有现存于世的这些啤酒，互相之间都有血缘关系，都有传承关系，极少有横空出世的。

黄：你去全世界旅行的原因是什么？就是为了啤酒？

辫：对，争取喝遍全球。全世界所有知名的啤酒节，我都去过，并且都在那里喝吐过。我最后一次打卡啤酒节，是去英国伦敦的大不列颠啤酒节。这个啤酒节很特别，只卖一种外界认为很单调的啤酒，但又算不上一种风格，其实是一种定义，就叫 Real

Ale，真艾尔，只有这个才是真正的艾尔啤酒。听这名字，你就知道它多乌托邦、多理想主义。世界上多奇怪的啤酒节我都参加过，但最梦想去的就是这个，我也一直没去过英国。后来我们去英国领奖——牛啤堂的啤酒获了英国 WBA 世界啤酒大赛的两个金奖，查了下时间，正好跟这个啤酒节重叠，领完奖，我们心花怒放地就去了。

　　说实话，这是个老人的啤酒节。最让我震撼的是什么？很多啤酒摊位的服务员，年纪都不小了。更牛的是，来喝酒的人，拿着酒杯，酒都噼里啪啦乱晃，他们的手在颤抖，拿不稳，全是老头子，坐着轮椅的，头发花白的，胸前挂满了 30 年、50 年前啤酒节纪念品的……

黄：爱喝啤酒的老炮儿。

辩：真的，他们的手抖得一塌糊涂，酒溅得到处都是，但大家都在愉快地聊天。每一年，这个啤酒节就是这群人的寄托。这个啤酒节上的啤酒只有几天保质期，所以很难走出英国。这类啤酒节可以说是全世界顶级啤酒极客（beer geek）的终极梦想，因为啤酒新鲜。更特别的是，这个啤酒的常规版本是没有泡沫的，这打破了很多人的偏见。一些人说，啤酒没有泡沫不能喝，那是你不知道而已。中国人对啤酒有很多误区，比如啤酒越新鲜越好喝；比如瓶装好喝，或者桶装好喝；或者，酒精度越高的啤酒越好喝……所有这一切，我都能给你找到反向证据，并且让你哑口无言。

就像画画时，有天晚间忽然获得了灵光闪现的瞬间，我喝啤酒也有这样的经历。有天晚上，我在瑞典斯德哥尔摩郊区的一个森林小旅馆住下，从超市里买了 10 瓶啤酒。瑞典是国家管控酒精饮料，3.5 度以上的酒都在一个叫 Systembolaget 的国营酒局里销售，超市里只卖 3.5 度以下的酒。我每天都去这个酒局买一些啤酒过来尝，那时我还没有建立起自己对啤酒的坐标。

那天晚间喝得太高兴了，皑皑白雪，森林里一栋小木屋，房间很小，只有一张床，连桌子都没有，房价也非常便宜。我把这 10 瓶啤酒全喝了，当我醉到想睡觉的时候，突然想到，我必须在我醉倒以前把它记下来。没有纸，我醉意蒙眬地拿了张餐巾纸，用圆珠笔在上面写道：在啤酒这个领域，每当你要下结论的时候，就一定是你即将犯错的时候。

黄：所有领域都这样。

辫：对，就在那一刻，我对啤酒有了全新的理解。旅行也是，啤酒也是，当你要急着下结论的时候，一定是你要犯错的时候。这也是反复提醒自己：要有敬畏心。

黄：所以你那时候去全世界旅行，就是带着这么一个强烈的主题？

辫：其实是后期才会纯粹为了喝啤酒去到一个地方，前期是本来要去那个国家，像瑞典，不是为了啤酒去的，我是去瑞典出差。

黄：出差干吗？你那时候不是只有"过客"吗？

辫：不是，我还有一个身份：自由设计师。

黄：一直还兼着设计师？

辫：当然，我的零花钱都来自我个人的设计。基本上接的活儿都来自那些信任我的人，并且我很强势，如果达成合作意向了，一半预付款打给我。当你看到我的设计稿时，另外一半的费用打给我，我才不愿意做那种最后追着屁股要钱的事。我在老"过客"的时候，设计一张名片都是 200 块。

黄：还设计名片。

辫：那时我的名片设计已经小有名气了。

黄：名片能设计到什么程度？

辫：哇，跟你说，我现在马上想起的就是一个化妆师。她说，你给我设计的名片，给我带来了远远超过 200 块设计费的收益和赞誉。我用了一款淡淡的灰色，再用剪影式的处理方法，把一位古希腊的女性雕塑印在一张半透明的磨砂纸上，这位女性的脖子下面有一条长长的直线，从灰色一直渐变成玫瑰色。在玫瑰色的旁边，有很精致的两个字，就是那个化妆师的名字。没有职位、头衔，就是空空的两个字。当她把这个名片递给别人，大家都说，一看名片就知道做东西不俗。我那时还给好多外国人做名片，反正我的名片总是让人眼前一亮，没有人那样对待名片。你越有态度，越坚持，其实大家越会认可你，商业上也一样。

黄：它还代表一份信任，信任是最大的约束。

辫：是的。我还给王家卫的电影设计过海报，当时《蓝莓之夜》剧组选在"过客"的院子里做 after-party，当晚包场，顾长卫、宁浩、巩俐……一群明星都来了，王家卫也在，将近 100 个嘉宾。他要给这些嘉宾选礼物，就选了我做的 T 恤，这是我很大一单哦。我们 T 恤不便宜，98～158 元一件。那个 T 恤很适合做礼物，因为包装袋是牛皮纸，设计得挺文艺，质量也非常好，有人穿了 10 年还在穿。结果，第二天我就接到王家卫助手的电话："这个 T 恤是你做的吗？王导回去翻来覆去地看，你能不能给我们做《东邪西毒》在戛纳电影节上的海报？"我说当然可以，但是对不起，电影我还没看过。他说那咱们试着合作一把，你先找电影来看。

挂了电话后，我马上给"以德胡人"打电话，人民大学心理学系的胡老师，他当时收集各种电影，"以德胡人"是他的网名，我知道他肯定有这部片子。还真有。那之后，一个月里，一点不夸张，这部片子我看了 40 遍，一天至少看一遍。

黄：是为了工作还是觉得好看？

辫：刚开始一定是为了工作，但后来越看越喜欢。因为设计海报，见了王家卫几次，几乎每次见都是深夜，我要揣摩他的意思。王家卫每次都说"妖、妖"。看了那么多遍《东邪西毒》，我对里边一个地方特别憧憬，就是桃花岛，黄药师经常去找桃花的地方。粉色的花瓣飘落下来，一下子就有"妖"的感觉。后来我做了一系列海报，每个版本都有一个固定语言，就是飘落的粉色花瓣，也有红色，里面好多镜头都很血腥，你分不清它是喷溅的血还是飘落的桃花。而且，我把沙漠变成了粉色，那个非常震撼。我还用了在西藏拍的经幡，用 Photoshop 处理了一下。这些东西电影中都没有，是我画出来的。

他助手一直跟我要中途的设计思路，但我不给，我没想好干吗要给你。当我调到满意之后，一次性给了他多个版本。我当时也是先收定金，这是我的习惯，那时转钱好麻烦，他们要从香港转过来，辗转几次，好不容易把钱拿到了。

黄：多少钱？

辫：当时要了两万。

黄：那时算巨款呀。

辫：还可以，所以我说我的零花钱都是设计费。我把设计稿发过去之后，就没声音了，有一点忐忑，是不是不满意？几天后，我又接到他助手电话："小辫儿，王导看了你的海报设计，还想让你给我们设计片头和片尾。"我不会动态视频剪辑，但我非常感兴趣，后来就用 Photoshop 一帧一帧实现，再由他们实现动态的画面。后来由于他们自己的原因，没赶上戛纳电影节，拿去参加了柏林电影节。

我的设计一直没耽误，去北欧也是接了一份设计的工作。第一次去瑞典就让我震惊了，Systembolaget 的酒局里有全世界各地的啤酒，好几百种。这里讲一个插曲。北京有家很有名的便利店，可以说是啤酒的酒吧，现在因为违法已经被取缔了。这家超市很特别，啤酒很便宜，好多都是临期酒。

黄：临近过期的酒？

辩：对。老板可能原先做进出口生意，他能用非常方便的渠道进到临期酒。说实话，那时大家对日期根本无所谓，从来不关注保质期。它真的就是个超市，但是摆了几张桌子，在超市买完啤酒，可以直接坐下来就喝，这是很有前瞻性的做法。

黄：不就是现在那些便利店的模式？

辩：对啊，并且它有好几百种啤酒。

黄：只卖啤酒？

辩：不是，洋酒、烟，都卖，它是个烟酒超市。其实不大，差不多 50 平方米，靠着三里屯。这里外国人多，卖得又便宜，每天晚间顾客盈门。我也是因为便宜才去那里喝啤酒，一个星期要去好几次，我身边这些人都去那里。那时我每天晚间去都点不同的啤酒，因为它的啤酒种类确实太多了，都很便宜，一二十块钱一瓶，真的是超市价格。但后来发生了一件让我特别不愉快的事，当时我买了一种香港的啤酒，蓝妹，在香港很流行。喝到一半，我顺便瞄了下保质期，已经过期了，不是临期，我就找老板。老板坐在玻璃柜后面，我说这个啤酒过期了，理论上你不应该销售，要么给我换一瓶没过期的。老板居然说："过期了你不要买啊！"我的天，从那一刻后，再也没去过。

黄：太傲慢了。
辫：所以那个时候我就说，你有 200 种啤酒，我也很容易进 200 种啤酒。

黄：所以也要感谢这个老板。
辫：对。后来"过客"就有 200 多种啤酒了。

黄：种类那么多，销量都不成问题吗？因为人流量足够大？
辫：对，足够大。在那里喝到过期酒后，我坚持要把冰箱加到一排。200 多种啤酒意味着什么？意味着要把座位减掉，至少减掉 3 张桌子，每张桌子 4 个位置，每天晚间这 12 个座位没有了。海雁和所有员工都不同意，强烈反对，但在我的坚持下，他们妥协了。除了这件事给我的刺激，我也意识到，可能……

黄：有一个风暴要来临。
辫：对，有一个风暴要来临。海雁直到现在都说："你有一种原始的直觉，并且你能坚持自己的判断。"我在全世界旅行的经历也给我带来了对啤酒的新认识。

黄：所以看到北欧的超市，眼界一下子打开了！

辫：对，北欧一下子打开了我对啤酒的认识。光是北欧的啤酒旅行，我都能讲一堂课。我很仔细地观察了它们的啤酒，包括流行趋势。冰岛、瑞典、芬兰、挪威，它们对待啤酒的态度有一点相似，就是控酒，控制你的摄入量，怕你酗酒。因为北欧很冷，大家很容易聚在一起喝大酒。

黄：怎么控?

辫：首先是国家管控，芬兰、瑞典、挪威、冰岛，这四个国家的高度酒精，包括啤酒度数稍高一点的酒，都由国家层面管控，但程度不一样，比如瑞典是 3.5 度以上，芬兰是 5 度以上。基本上，只要你买烈酒和高度啤酒，都得到国家管控的地方去买，并且就是上班的那段时间，晚上你想买酒，对不起，买不到了。周末也有大段时间都是关着门的，它用各种方式限制你的购买。北欧几个国家，只有丹麦对酒精不管控，超市随便什么酒都能买到，所以丹麦是这几个国家中我觉得最友好的。

北欧是我认识精酿啤酒的摇篮，尤其是瑞典，我大部分风格的啤酒都是在瑞典喝到的，大部分酒瓶子我都背回北京了。我的"世界啤酒瓶博物馆"里，很多瓶子都来自瑞典和北欧其他几个国家。在那里，可以搜集到很多很难去到或者暂时还没去过的国家的啤酒，比如阿塞拜疆、蒙古、埃塞俄比亚……这些我都没去过，但喝到了来自那里的啤酒。

这样一步一步地，我建立起了啤酒的坐标。每个人都有不同的坐标，他的轴心是不一样的。这个轴心，就是第一瓶启发你的啤酒。每个人的记忆点不一样，有的人记风格，有的人记品牌，有的人记口味，无所谓，反正第一瓶让你觉得"哇，原来啤酒还能是这个样子的！"的酒，就是你坐标的原点。

3

黄：你在啤酒这个领域其实扮演了两个角色，你是一个寻访者，又是一个践行者，这两条路都走得很彻底。

辡：2020 年，我推出了一个特别小众风格的族谱，"特拉普修道院啤酒族谱"，全世界 14 个特拉普修道院啤酒厂，12 个获得认证，两个非认证。这是我世界啤酒之旅的一个缩影，14 个修道院分散在好几个国家，我可以数一下：比利时 6 家、西班牙 1 家、意大利 1 家、英国 1 家、荷兰 2 家、美国 1 家、法国 1 家、奥地利 1 家。

我去的第一家修道院啤酒厂是法国的蒙迪卡修道院，但这家不对外开放，我只在修道院逛了一圈。修道院旁边有餐厅，这种餐厅都会有修道院的啤酒卖。果不其然，是一款棕色烈性艾尔，8 度左右，是法国特别传统的一种风格。两种包装，一种小瓶，一种大瓶。我跟老板聊天，他说这家修道院并没有自己的酒厂，其实是委托另外的酒厂酿酒，是谁呢？很有名，蓝帽智美。修道院啤酒分为两类：真正由修士亲身参与酿造的特拉普啤酒和授权非修道院酒厂酿造的阿贝啤酒，法国这家理论上属于后者。

这家修道院距离比利时的西弗莱特伦修道院20公里左右，两家都在法国和比利时的边境上。西弗莱特伦在全球特拉普修道院啤酒中常年排名第一，是我那次最主要的目的地。餐厅老板说，现在班车少，你还拖着行李，英文又不太好，这样吧，我把你送到一个地方，那里特别容易搭到车。然后就开着他的车，把我送到了比利时和法国交界处的一个丁字路口，有一个大加油站。我拖着在他那里买的两箱啤酒下车，跟他道别。

等了好久都没车，我就去加油站的小卖部，服务员是个法国女孩，不会英文，我也听不懂她，她也听不懂我。后来那女孩把她老板找过来，40岁左右的一位男士。我说我想去西弗莱特伦，指着地图说，I want to go here 我要去这里。那个老板说来说去也没办法交流，算了算了，他说开车送我，很近，十几公里。

去的路上，我得知一个重要信息，这个老板的哥哥住在修道院附近的小镇上，并且开了家小旅馆。那是冬天，周围全是雪地，他把我放在那就回法国了。我在修道院门口观察了一下，没啥人，就跑到一个类似门卫室的小房子里，一个修士在里边忙忙碌碌的。我说我从北京来，他说修道院只有8号、10号、12号三款啤酒，你从那么远的地方过来，能卖给你，但是很少，不能随便卖。修道院限量销售啤酒，如果是开车来，每辆车只能购买两箱，不允许多买。我想要三种啤酒，每种一两瓶。修士说，没问题，可以。买了六瓶。这个修道院的啤酒是没有酒标的，只在盖子上有它的相关信息，这是为了方便回收，特别环保。

我原来获得的信息是，我可以住到修道院里。结果那天他们在维修，也不对外开放。天马上就黑了，我傻眼了，拖着几箱啤酒，咋办？我突然灵机一动。

黄：他哥哥？

辩：他哥哥。我留了他哥哥的电话，马上把号码给这位修士，他在传达室拨了电话。然后，他哥哥开一辆大宝马过来接我，我把啤酒往车上一放，就住到他哥哥的旅馆去了。

小镇叫珀珀玎，他哥哥从小就生活在这里，看起来四五十岁的样子。小镇周围还有几个很有名的酒厂，我都想去，他都带我去了。其中一个酒厂的酒标是一只大鸵鸟，酒厂就叫SB，世界排名很靠前，它很少酿比利时风格的酒，而是酿一些世界流行的啤酒。我们刚到这个酒厂时，老板正好在做一个品鉴会，有20多个游客。品酒时，这个哥哥跟我讲："太神奇了，我住在这儿都不知道这里有这么一个酒厂，酒这么好，这么厉害。"

这位哥哥带着我走了几个酒厂，后来我们又回到西弗莱特伦修道院，试图进到里面参观。西弗莱特伦修道院主张修士之间能不说话就不说话，作息非常规律，早晨几点起床，几点做祷告，几点干活，都有规定。每个僧侣都要付出自己的劳动，来换取面包、啤酒，与外界尽量不产生关系。

黄：修道院为什么酿啤酒？本来是禁欲的。

辩：修道院卖啤酒这件事有严格规定。首先，你可以生产啤酒，但必须在修道院的院墙内生产。其次，啤酒的全部过程，生产、存储、销售，一切都由修士来完成。最后，销售所得，可以用于酒厂的运营，可以给全世界任何一个 NGO 机构捐款，但不能有第三种用途。

黄：它怎么杜绝修士们酗酒呢？

辩：其实，这个啤酒最初就是给修士们喝的，不往外卖。有很多修道院都酿造啤酒。很久以前，尤其中世纪的时候，喝酒比喝水安全，酒经过了发酵，已经杀菌，而水反倒不干净。修士们自己喝的啤酒和销售给外面的啤酒不一样，销售的啤酒后来演变成酒精度数偏高的，比如 6 度、8 度，甚至 10 度、11 度，但他们自己喝的是低度酒，3 度、4 度、5 度。

黄：就是饮料？

辩：对，所以修士们有一些不对外销售的啤酒风格，叫 single，就是单料的意思，往外卖的啤酒是双料、三料和四料。这些很有名的修道院都酿得很好，他们所有额外的精力都用在这上面。

黄：感觉跟我们的禅茶一样，僧人种茶，僧人制茶，禅茶使人不昏沉，同时借此经济自立。

辩：对。有一次，在千岛湖，我将收集的所有修道院啤酒聚集起来，一次性请了 12 个人来品鉴。事先要求每人交 1000 块钱，但他不知道来干什么。我只是说：来不来？绝对终生难忘。后来大家发现，原来是一场旷世品鉴会，一次性把所有修道院的啤酒喝完。光收集这一件事情，我花了 8 年时间，肉身去打卡，亲自去喝，最后把它总结下来，修道院的地址、电话，文化如何兴起、断层、复兴……全部浓缩在一张图表里，这就是我在"世界啤酒之旅"这个小众领域的总结。

4

黄：给一个从不喝酒的人，"画"一幅"世界啤酒地图"吧。

辩：依然从《世界啤酒族谱》来说。像坐标轴一样，在地图上横切一刀，竖切一刀，左上角是源自英国的风格；右上角是源自法国、比利时的风格；中间和右下角是源自德国、捷克的风格，尤其是德国；左下角跟工业啤酒相关，或者是现代流行风格的变种，有一大部分来自美国、阿根廷这些后起之秀，甚至日本也有一个风格，还有新近加入《世界啤酒族谱》的，一个叫阿根廷IPA，一个叫意式皮尔森。

其实，所有风格里，百分之七八十都是传统风格，而不是现代产生的，包括现在流行的啤酒风格，也带有非常明显的传统基因。为什么被赋予新的说法？最大的功劳不是这些传统国家，而是美国。有一说一，现代啤酒风格这场复兴革命的引领者是美国。

首先，美国酿造者协会（BA）定义了什么是 craft beer（精酿啤酒）：一是酒厂的独立性，包括股份的界定，都有标准；二是添加材料的目的性，不以降低成本为目的添加大米等麦芽替代物；三是产量，大家公认的美国第一家精酿啤酒厂现在的产量是多少，大家就向它看齐，其实它的年产量也很大，600万桶，合70万吨，但在美国本土，大家公认你就是 craft beer。

黄：源头主要在欧洲，但由美国复兴。

辩：对，在这场席卷全球的精酿啤酒革命中，美国是领头羊。

黄：那啤酒跟其他文化现象是一样的。

辩：一样的。2019年，美国谷物协会邀请我去美国参观他们生产啤酒花和麦芽的农场，正好是10月，跟丹佛啤酒节的时间重叠。精酿啤酒节中，全世界排名第一的就是丹佛啤酒节，我去了一次才知道，实在太强了。2013年，啤酒节上有全美国2000家微酿酒厂，2019年我再去，已经发展到将近8000家。你想想，壮观到什么程度！美国是由一个 NGO 机构来主导精酿啤酒的发展，话语权掌握在 NGO 机构，而不是政府部门，也不是某个品牌。这个 NGO 机构就是酿造者协会，里面的成员要么是酿造者，要么是啤酒品牌的创始人，或者啤酒极客。它为什么强大？因为都是自发的，没有边界，没有太多额外的管束。

谷物协会请我去之前，我粗浅的理解是，这场精酿革命就是这帮精神上有追求的人，他们振臂一呼，大家揭竿而起。其实不是，是原材料的革命。刚才我说，德国啤酒主要是麦芽香，比利时是酵母香，美国啤酒是酒花香，它的酒花能强到什么程度？比如美式 IPA，对方还在酒头打啤酒，吧台就已经闻到香气了。那个啤酒花是真香，但中国人讲，有一利必有一弊。

黄：所以它？

辫：不持久，衰减得快。所有美式酒花类的啤酒，越新鲜喝越好，恨不得以秒计算。它是又苦又香，这满足了一个啤酒人终极的梦想，你喝啤酒不就是要承受它的苦吗？它又很香，那你还想要什么？

谷物协会请我参观了整个产业链中很重要的一些环节。我们先拜访了农业部，也拜访了有相关专业设置的大学里的实验室。他们的大学实验室培育啤酒花，有很大的啤酒花培育基地，每种啤酒花都有自己的编号。总之，所有东西都有一套完整的流程。

美国有一个专门研究啤酒花的科研机构，这个机构是美国农业部给予资金支持，由大学设置科目。大部分的啤酒花品种，从研发、培育到完成，平均要 10 年时间。10 年后，也不可能每个都能上市销售，可能最后也就一两个被市场认可，大多数都被淹没在历史的长河中。但正因为有海量的培植，最后才能选出一两个。

美国一些农场是私人的，你无法判断 10 年之后流行什么，所以要跟农场主们协调，有斗争，有交换，也有妥协。商业有商业的逻辑，需要什么我来挑，所以是由农场主来决定到底接受什么品种，最后去推销给精酿啤酒厂。潮流一直在变化，你要懂得，到底是什么导致这个酒花能用或者不能用。它的源头，不是啤酒行业，而是农业。

整体而言，在精酿啤酒这场大考中，欧洲是落伍者，像意大利和法国，它们的红酒太强了。在这类国家，啤酒是活在红酒的阴影下。相比而言，北欧觉醒比较快，它有点像一张白纸，本身没有土生土长的啤酒风格，除了芬兰。光脚的不怕穿鞋的，所以北欧属于后起之秀，一下子冒出来那么多有世界影响力的品牌，瑞典、丹麦、挪威，都诞生了世界排名前十的酒厂，就因为它没什么传统，也不在乎那些禁忌，轻轻松松、毫无顾虑地拥抱世界潮流。

黄：美国不也是嘛。

辩：对，就是这样。

黄：年轻就是好呀，胆大，妄为，你身上也是这种精神，什么都不怕，其实每一代都应该这样子啊。

辩：对。

牛啤堂横空出世

1

黄："牛啤堂"是怎么开始的？

辩：经常有人问，你是怎么进入精酿啤酒这个行业的？我马上的反应是：什么叫进入这个行业？是我参与缔造了中国这个行业好吗？

很长一段时间，尤其是受到世界啤酒旅行的加持后，我有一种强烈的感受：要去做一些纯粹与啤酒相关的事，但朦朦胧胧的，不知道到底做什么。海雁很细心，当我的人生发展到新阶段的时候，她会特别关注。那时我经常去找不同的人聊啤酒，海雁已经看到我这种势头了。

黄：她真是非常好的知己。

辩：是。她在网上给我买了各种关于啤酒的书，其中一本叫《喝自己酿的啤酒》。我体会到她的用心良苦，也很感兴趣，就拿起来翻了几页，前言那几页已经看得我心潮澎湃 ⅲ，我实在看不下去了……

黄：想动身出发？

辩：感觉我想说的话都被他说了，到那时为止，只有这个人能理解我对啤酒的那种感情。然后，我就把书放在书架上了。人的热情就是这样，稍加搁置就忘了。接下来，经营酒吧、骑行、设计，按部就班，该干吗干吗。

我们沙发后背正好靠着书架，我儿子动动小的时候可以踩着沙发后背爬到书架上去。那天他淘气，把好多书都从书架上扔下来，扔得到处都是。我们也没生气，就一本一本地收回去。就在这个途中，我再一次看到了《喝自己酿的啤酒》，那本书恰巧翻开扣在地板上。我拿起来一看，一下子惊到了：翻开的这一页上有瓶啤酒，酒标是椭圆形的，一个人赶着马车，后面带着啤酒桶。"过客"有个分销商当年送我两箱啤酒，其中有一箱就是这个。我喝过，但为什么没有进他的啤酒？因为这两款啤酒只有一款能喝，并且很好喝，另外一款因为储存或者酿造原因，坏掉了。那款啤酒的酿造者，就是这本书的作者，他已经有了一个啤酒厂。这人叫高岩。

黄：中国人？

辨：对，在中国，很多家酿爱好者叫他"中国精酿啤酒之父"。身边也有不少朋友称呼我"精酿教父"的，但在心中，我是很佩服他在那个时代的振臂一呼的。虽然在现在的小圈子里，对高岩早期酿酒的传说各种看法都有，但高岩写的《喝自己酿造的啤酒》这本书，的确影响了整整一代啤酒发烧友。中国能有精酿啤酒这个行业，他功不可没。

当我看到这一页的时候，马上如饥似渴地往下翻，看了几页就意识到，这个人，我可以跟他畅所欲言，我很想找到这个人。怎么找？上网搜。那时天涯论坛很火，我在论坛里搜到一篇帖子，探讨家酿啤酒，下面很多跟帖，我就一篇一篇地翻。

黄：家酿啤酒是？

辩：家庭酿造的啤酒。在家里，你是可以用锅碗瓢盆酿出啤酒，并且可以酿出世界顶尖的啤酒的。然后，我找到了他的联系方式，居然是个手机号。那时我用的还不是智能手机，是"大鲨鱼"，爱立信的一款产品。我用那个手机给他编辑了一条长长的短信，意思是，我是一个啤酒的极致发烧友，已经去世界各地见识了很多啤酒，也收藏了很多啤酒，看了你的书，非常想找到你。我对啤酒有很深刻的理解，但找不到一个人能跟我聊到一起。我知道你的啤酒厂在南京，如果你的啤酒厂也销售啤酒，我想去找你，我请你喝你的啤酒……就发出去了，很长一条短信。

结果，高岩很快就回复了："我马上要去北京，我去找你算了。"那时我对啤酒有好多疑问，也有好多自己的判断，想找到一个懂的人去聊，但2012年之前，找到这样的人好难。"过客"那么多啤酒，一两百种，我在"过客"没碰到一个能跟我对话的，永远都是我在输出常识，单向传送，没有人能给我反馈，这多痛苦啊！这一刻，终于有了回音。

没几天，高岩来了。当天晚间，我正在"过客"收拾冰箱里的啤酒，这哥们儿来了，高高大大的，应该有200多斤，突然"咕隆"一下，从我们的院子蹦到北屋来了。"小辩儿，终于找到你了！"然后，我们马上进入到喝酒环节。

我倾囊而赠，把我从世界各地背回来的啤酒，尤其是IPA风格的，全部拿出来。当时我对 IPA 新鲜与否还不懂，现在就不会干这种傻事了。绝大部分的 IPA，都是越新鲜越好喝，当你从国外背回来，又不当存储——常温存储之后又冰藏，这种折腾，对一瓶啤酒来说，是不堪忍受的，尤其是这种风格。但当时无所谓，我把瑞典、日本、美国、英国那些 IPA 风格的啤酒全部拿出来，摆一桌子，随便挑。这些啤酒他也没喝过，因为他没有收集癖。

当天说了什么，我真记不得了，但是很高兴，终于找到对啤酒的"三观"这么高度重合的人。喝到后半夜，高岩忽然说："小辫儿，有个人想来找我们，让不让他来？"其实大家已经喝得头都炸了，中间还换了个地方。王勇在离我不到一公里的地方也开了个酒吧，他最开始在雍和宫一个小院子里，跟"过客"有点像，但各种原因，没坚持下去。他自己超级会享受，但他不是一个懂得打理的人，他可能缺少一个像海雁这样的人。后来从雍和宫搬到了鼓楼，离我又近了些，我经常在"过客"喝高兴了又跑到鼓楼找他喝。那天我们喝得很高兴，说咱们换个地方，就去找王勇了。要来见面的那个人，是一个在家酿啤酒方面和高岩惺惺相惜的网友，谁呢？

黄：银海？

辫：银海。

黄：他们也是第一次见面？

辩：对，我们三个人都是第一次见面，都苦于找不到知音，他知道高岩来北京后，强烈要求当天晚间就要来。

黄：他在北京？

辩：他那个时候常年都在北京。当天晚间我其实没什么感觉，就只知道银海也很能喝，对啤酒也很爱。大家都喝多了，你不知道他在说什么，自己说什么都不知道了，但是很兴奋，非常非常兴奋。

黄：茫茫人海之中，终于找到你。

辩：对，就是那种终于找到组织的感觉。我们三人当时就决定，第二天还要见面，太冲动了，太冲动了。我记得很清楚，第二天中午，因为上午肯定是没戏的。

黄：都睡觉。

辩：对，前一晚喝太多，第二天上午都在补觉。中午，大家开始联系，下午在哪儿见面？高岩住在旧鼓楼大街一个小院子里，院子里支起一把遮阳伞，伞下一张桌子，我们就跑过去了。

头一天，我跟银海已经立下一个 PK 主题，比谁收藏的啤酒牛。第二天，每人只带两瓶啤酒，咱们边喝边议论，看你的啤酒牛还是我的牛，"华山论剑"一般。

我在家里精心挑选，最后选了两款。一款是英国的（忘记名字了），黑 IPA 风格，500 毫升，直到现在，这个英国品牌也没进入中国，至少不是正规渠道进来的。一款是BrewDog，可能是从瑞典背回来的，这是一款帝国世涛，18.2度，论酒精度，在当年的中国绝对是No.1，已经到了最高，像公认酒精度很高的蓝帽智美和罗斯福，酒精度也就11度左右。

黄：酒精度越高说明技术越难吗？

辩：不是，啤酒发酵的过程必须有酵母的参与，酵母是活的微生物。酒精度是打哪儿来的？是酵母吃麦芽汁里的糖分，排泄出酒精和二氧化碳。也就是说，啤酒的酒精和一些泡沫，其实是酵母的排泄物。你给它优渥的生存环境，它就努力吃、尽情拉，酒精度就高些。但所有酒都需要平衡，酒好与不好，其实是平衡感好与不好，不是酒精度高和低的关系。酒精度低有酒精度低的平衡关系，酒精度高有酒精度高的平衡关系，它是此起彼伏、互相照应的。就目前的技术水平，酒精度超过十几度后啤酒酵母就很难自恰了，需要借助别的办法"加戏"，比如用香槟酵母继续发酵，因此酒精度高而平衡感很好的啤酒，在中国乃至全世界其实并不多见。

黄：所以你选它，是因为它度数高而且平衡感好。

辩：度数高，而且刷新我们国人认知。另外，10多年前，作为啤酒发烧友，IPA在我心里只是一个普普通通的风格，只不过它确实具备了某种流行因素而已。我对流行本身并不在乎，只对它的文化现象感兴趣，所以我选了黑IPA。它其实是世涛和IPA的嫁接，也很特别。到目前为止，全世界拥有黑 IPA 风格的酒厂都不多，我们是其中之一。

黄：因为需求量不高吗？
辫：不高。

黄：好，那天你就带了这两瓶酒。
辫：银海也选了两瓶啤酒。一个是山姆·亚当斯，这个品牌在美国啤酒界是启蒙式的存在，是美国公认的第一批次精酿啤酒厂品牌之一。老板叫山姆，写了很多书，也做了很多启蒙的事情，跟我、高岩、银海在中国这场精酿啤酒革命中做的事情差不多，只不过他比我们早了 30 年。银海选了那个酒厂的一款酒，并且是一款实验版的酒，容量很大，750 毫升，设计得很漂亮。那个风格不确定，它的标注就是实验版。另一瓶，18.2 度的 BrewDog，也就是说，我们居然有一款重叠了，但是他这瓶比我的早一年买。我们这种级别的发烧友，没什么可说的，比我早一年，那你就是厉害。

黄：早一年见识。
辫：当然了。

黄：他也是全世界走来走去？
辫：他当年在爱尔兰一家 IT 公司工作，经常要去世界各地出差。

黄：他是学霸吗？

辛：我眼里的北理工学霸，我觉得他就是典型的学霸型思维方式。

黄：这个学霸是什么时候开始爱上喝啤酒的？[iii]

辛：从只言片语中，我知道的是，他在爱尔兰出差的时候，有次进到一家普通的啤酒馆，在吧台点了几杯啤酒喝，旁边有一个人，喝一口就做笔记。他很好奇，在写啥？老外也很热情，就跟他讲，啤酒到底是怎么回事，风格如何，平衡感怎样，各种技术参数。哇，原来啤酒这么有意思。他就跟这人交了朋友，这人也成为他第一个啤酒老师，引领银海进入精酿啤酒的大门。

那次见面，我和银海基本打成了平手。他18.2度的这款酒比我早一年，我肯定甘拜下风。另一款就不同了，他带的那个实验版真的不好喝，但是我的黑IPA非常好喝。那一天我就提出：来自美国的craft beer，我们到底要把它翻译成什么？

黄："craft beer"是英文里对精酿啤酒的统称？

辛：对，直译就是手工啤酒。在我们三个人见面之前，国内有好几种翻译：精酿啤酒、精工啤酒、手工啤酒、微酿……高岩的酒厂就叫"南京精工啤酒厂"。认识他们之前，我找了很多资料，也差不多完成了思考。我说，当你不知道怎么弄的话，至少排除法不出问题，我们一个一个排除：

首先，"微酿"可以排除掉，"微"只是小批量的意思，但小到什么程度？相对而言，无从定义；

其次，"精工"可以排除，我们小的时候，日本有一款手表叫"精工手表"，精工，永远让你感觉很生硬，而且联想不到啤酒上来；

再次，"手工"可以排除，啥都可以叫手工，我的衣服也可以叫手工，它没有指向性；

…………

最后，唯独"精酿"不同，"精"表示精心、精细、精致，"酿"指酿造。

我和他们两个做了阐述和建议，结果一拍即合。我反复强调，当我们统一了翻译，未来在干这件事的时候，是在同一个语境下去探讨，就像秦始皇统一度量衡，标准统一后，大家会在这个基础上飞速发展，就不会再在名称上纠结。

2013 年 4 月 1 日，我在同是啤酒极客周京生的爱啤酒 imbeer 网站上写了篇文章《2012 精酿燎原》，至此 2012 年被公认为中国精酿啤酒元年。但精酿啤酒在中国发展很快，2012 年到现在，我们仅用了十多年时间，在一些啤酒风格的流行趋势上就几乎与世界同频了。机缘巧合地，我们与那个时期的中国家酿爱好者和啤酒极客们携手开创了这个行业。1998 年那次骑行，2004 年那次展销会，这些对我来说都是因缘，就是一拍脑袋就干了。

黄：高岩现在是你们的合作伙伴吗？

辩：不是。

黄：只有你和银海？
辩：只有我和银海。

黄：一个管技术，一个管宣发。
辩：是。

2

黄：你和银海后来呢？
辩：因为惺惺相惜嘛，就天天在一起喝酒，聊各种啤酒的事，我也有很多酿造的环节会去请教他。在认识我和高岩之前，他已经在家里酿造啤酒了。他在北锣鼓巷租了个小房子，那就是他的酿造空间。

黄：你在南锣鼓巷，他在北锣鼓巷，你们也太有缘了。
辩：更有缘的是什么？我们有天喝大酒之后打车回家，他问，你去哪儿，我说我去望京。他说他也去望京。那打一辆车走呗。结果，到了望京后发现，我们两家就隔一条马路，车子停在十字路口，他下车，我也下车，分道东西，从我的窗台上就能看见他家。这导致我们后来无数次喝大酒结束，都是一起打车回去，在打车的路上还在探讨啤酒。

黄：上帝把一个人劈成两半，分在马路两边，现在相认了。

辩：我姓金，他姓银。我叫金鑫，他叫银海。所以牛啤堂是一个金老板，一个银老板。他负责酿造、酒厂……所有技术环节，我负责品牌、顶层视觉设计、外宣。

黄：完美的合作者。

辩：那时，我们天天在一起喝啤酒，聊啤酒，后来就想，是不是可以一起酿造啤酒？

黄：他那个时候只酿不卖，自己喝？

辩：不卖，他也不知道怎么卖。银海是一个很开放的人，经常邀请大家去他租的房子里喝他自己酿造的啤酒，也教大家酿啤酒。

黄：跟你相比，他是不是那种循规蹈矩型的？

辩：对，循规蹈矩，凡事要有逻辑。我们俩经常吵架，两周前还吵。银海永远都是说："你觉得哪个东西不对，为什么不对，给我列出来。"他特别可爱，永远都会告诉你："你要跟我说逻辑。"但我经常是咣当一句话就过去了："这什么玩意儿？"我跟银海谈审美，他跟我谈数据，就这么大的区别。

黄：你很幸福，也很幸运，一边有海雁做管理，一边有银海搞研发，他们是你的左膀右臂。

辨：对，非常重要。

黄：然后就决定一起开厂了吗？

辨：其实是先开了个可以酿酒的店。我们那时对中国啤酒的行业规定还不了解，我们以为，建个啤酒厂，买个设备，酿一下，最后卖，不就完了吗？特别简单。但不是，小啤酒厂准入这一关很难过。其实，中国啤酒的行业最早一些法规是大啤酒厂和协会坐下来商量制定的。换句话说，肯定有排他性，那些准入规定在这个时期对我们这种初创小啤酒厂已经不合时宜了。

黄：对量有要求？

辨：是的，记得有个规定是一小时，至少要你的生产流水线上有两万瓶啤酒。

黄：这是什么标准？与产品好坏无关啊？

辨：所以有什么意义呢？导致一种结果，投资少体量小就别想干这个了。最开始，我们一锅才 50 升，50 升和两万瓶，是什么概念？

对我来说，这是一场全新的旅程，其间撞到了很多"墙"。首先，现在两万瓶这个行规不存在了。更重要的是，像"帝都海盐"这种奇迹般的酒，我们是要拿到许可证的，但中国那个时候的行业规定，对于一款发酸的啤酒是不允许的，它对酸度的容忍度极低。而世界啤酒的大家庭中，有好多风格都是非常酸的，有时酸得和醋一样。

黄：你们很快就确立了要建啤酒厂的共同愿景？

辩：中途还有一些小插曲，跌跌撞撞的。2012 年，银海去爱尔兰出差，他说，你要有空的话，就来爱尔兰找我。他在爱尔兰第二大城市，科克。我说好。

去爱尔兰找银海时，我们有一星期的时间，每天都在喝啤酒、聊啤酒。有天晚间，我说，如果我们这个时候不去中国创立属于我们自己的啤酒品牌，未来中国精酿啤酒史就不会有我们辉煌的一页。我有一种判断，如果我们两个联手，中国精酿啤酒史一定是由我们开创，并且会有我们辉煌的一页的。那时，银海年薪接近 100 万，但他最终还是从爱尔兰回来了。

黄：啊，啤酒世界里的"俞伯牙和钟子期"。

辩：当时我们要在北京找一个地方，夏天，我和银海穿着大裤衩、大背心，骑着自行车，满大街找地方，现在想起来觉得很傻，但最初那种火苗就是那么旺。

黄：你们完全可以在"过客"卖啤酒，只建个酒厂生产啤酒就可以，为什么要另立门户？

辩：当我们想创立一个专门的啤酒品牌时，我比较能理解银海，因为"过客"是我跟海雁的，他很难切入进去，只能另立炉灶，清清楚楚、干干爽爽。

那时我跟银海已经有了这种想法，必须建立一个能酿酒、能卖酒的啤酒品牌，是一个小的啤酒厂，又是一个啤酒吧，最后找到了现在护国寺所在的"护国新天地"这个地方。这里原来是一家眼镜厂，后来改成一个小的商业体。找到这个地方是因为"过客"的一个阿根廷客人，他想开家墨西哥菜馆，找到了这里，但是太大，400平方米，他只用200平方米，问我们要不要用另外200平方米干点什么。看到那个地方我就签了协议，因为我看到那里可以做我们的迷你酿造车间。这就是牛啤堂的第一家店，我们啤酒梦开始的地方。

我们的酿酒车间小小的，也就10平方米左右，但拥有中国第一个私人酵母扩培室。在我们之前，没有私人酵母扩培，因为不重要，全是大啤酒厂工业化的生产流程，但2013年，我们第一时间就拥有了自己的酵母扩培室。

黄："牛啤堂"这个名字也是很快就有了？
辩：其实想了很久，跟银海也探讨了很久。有天早上，突然不知道哪儿来的灵感，还没起床，天蒙蒙亮，我就拽住海雁的胳膊使劲儿晃她："我想到一个特别好的名字——牛啤堂。"

第十章

帝都海盐

黄：你一直讲"帝都海盐"，这是一款什么样的啤酒？

辩：可以说，它改变了很多人的啤酒认知。当时流通渠道里是没有国产的酸味的啤酒的，国标里都没有酸啤这个选项，我们还花了很大精力去申请酸啤认证。"帝都海盐"应该是国内第一款正式上市的酸啤。当时有个很搞笑的事，有人在网上写了一段很长的差评，说他游览各国，喝过很多啤酒，从没见过酸的，明明就是酿坏了还拿出来卖，结果这个帖子火了，反而帮我们好好推广了一把酸啤。

黄：它的灵感来源是什么？

辩：我不是拜访世界各地啤酒风格的发源地嘛，只要有机会就去，所以我去了德国，拜访了莱比锡，背回来两大瓶传统风格的酒，德语发音叫"GOSE"，古斯。古斯是莱比锡一条河流的名字，这条河含盐量很高，用这条河里的水酿造的啤酒，他们就叫古斯风格，自带咸味，其实是微微发咸、发酸，在德国不怎么受待见，是小众中的小众。一个如此小众的风格，中间几度失传，后来被美国人在美国复兴了，但在德国也只能找到两家传统酒厂酿这种风格，大多数德国人根本就不知道，始终没有流行起来。我们也是想在国内打开更多人对啤酒的认知，酿了很多这样的小众酒款。"帝都海盐"用了几年的时间，慢慢有了很多追随者和铁粉。

黄：你去了古斯河，然后呢？

辩：我当时就是为了打卡，因为有收集小众东西的梦想嘛，一定要挖掘到最神奇的，才觉得有快感。我专门跑到莱比锡去，背了两瓶古斯风格的酒回来。

有一个朋友，张磊，他之前在德国专研啤酒酿造，后来回到国内也去德国酒厂工作了，我经常去跟他交流。这两瓶啤酒，一瓶给了他，一瓶给了银海，从他们两个人那里，我获得了完全不同的结果。

银海拿到后，"嘭"一下就打开喝了："啊，终于喝到传统的古斯了！"我问他，我们能复刻出这个风格吗？银海说能，但这种古老的酒，必须加入我们自己的想法和创造。

黄：你当时也很喜欢吗？

辩：说实话，谈不上喜欢，是尊重和敬仰，它其实是一种陈腐的风格。和很多风格一样，源于当地古时候的酿造技术，也受当时原料的限制。但我们想，如果和现在精酿的发展融合起来，再结合本土的特点，就一定是一个特别的风味。突破界限和创新本来也是精酿的精神嘛。一开始我们自己用 50 升的小设备酿，接受的人很少，慢慢地，大设备酿都开始供不应求了。

很多人一开始不接受，慢慢就上了瘾，成了必备口粮酒。我们酒厂产能一直比较有限，常年是断货状态，但这样一款有特色的，创新的，还能畅饮的酒，就决定哪怕其他酒少卖，不对外推，也要好好推帝都海盐，尽量保证供应。现在还把它做成了一个系列，融合了各类风味，也一直是线上线下的爆款。

黄：曾经快要消失的东西，在你这里被发扬了。

辫：对。

黄：它的卖爆，的确是以口味征服了消费者？

辫：对。

黄：不是你任何价值观的引导？

辫：不是。帝都海盐是一款非常平衡又非常特别的酒。很多爆款，一方面有流行趋势的加持，一方面，它需要有自己的记忆点。酸咸畅饮还有特色风味的啤酒，以前在中国是没有的，而且说它的酿造水平是世界一流的也当之无愧。它除了在酸啤之国比利时拿过金奖，还横扫了澳大利亚、日本、德国、英国、美国各国国际啤酒大赛的金奖。

黄：张磊那边的反应呢？

辫：张磊如获至宝，怎么放都觉得不合适，最后，他存在了冰箱里。

黄：一直没有喝。

辫：一直舍不得喝。有一次，他从德国回来，发现爆瓶了。古斯风格啤酒的瓶形很特别，脖子细细的，越往下越粗，突然，出现一个扁扁的大肚子。你想，这么高的玻璃瓶颈，上面是橡木塞。爆瓶的时候，那个橡木塞像一颗子弹一样，穿透冰箱顶，整个嵌在了冰箱里，你就知道这个力量有多大了。这也给了我一个启示，要及时行乐。

黄：爆瓶了，也就没有了。

辩：对，没有了，所以他捶胸顿足啊。

黄：等于到那个时间点，那瓶啤酒就死亡了。

辩：关键是对拥有者来说，那就归零了。他曾经拥有过，但擦肩而过了。你看，我同时送了两瓶啤酒出去，结果是截然不同的命运。

啤酒最怕三件事，光线，温度和氧气。光线如果直射啤酒瓶，啤酒花里有一种物质就会跟紫外线结合，产生一种臭味，叫日光臭。有一个经典的商业案例——现在所有夜店都卖"科罗娜"啤酒，是墨西哥的一个品牌，后来被百威收购了。除了易拉罐，玻璃啤酒瓶主要是棕色和绿色的，因为最防紫外线的是棕色，其次是绿色。科罗娜当时觉得，透明的啤酒瓶能看到啤酒的金黄色，感觉很好，他们当时没有这种常识。这个酒卖得特别好，但发生了日光臭。聪明的是，他们做了件事：当你要喝科罗娜的时候，一定要加一片柠檬。现在的技术当然可以避免日光臭了，但这个特色也就保留了下来。

黄：就把日光臭给遮掩了？

辩：对，加柠檬喝科罗娜，如今已经变成了一种仪式感，但其实来自失误。它的销量太大了，大酒厂也就将错就错了。

黄：我以为啤酒这样的商品，买回来时就定型了，没想到一直在变化。

辩：对，这也是啤酒的魅力。我永远都在强调保质期，但像很多工业啤酒，就是工业拉格，出厂的时候要经过杀菌处理，杀菌同时把酵母也杀死了，啤酒也就稳定了。所以，我们喝的多数工业啤酒里是没有活的酵母的。为什么工业啤酒可以走遍世界？就是因为它稳定。

但很多风格的精酿啤酒是不经过瞬时杀菌和巴氏杀菌的，它的酵母是活的，是拥有生命的。啤酒由于有了活的酵母，就有了生命周期。每个风格的生命周期是不一样的，有些风格就是要越新鲜越好喝，有些风格却是越陈年越好喝。所谓保质期（也要看保存和运输条件），就相当于一个人的巅峰状态。当你有了啤酒常识，就可以选择在它最巅峰的时候喝，就像我们和一个人三四十岁身强力壮时相遇，还是七八十岁时相遇，完全是两种状况。

黄：我不喝酒，以前也不喜欢亲友喝酒，但和你聊到这里，真正感受到了啤酒的生命，感受到了你常挂在嘴边的啤酒极客对啤酒的爱。尤其这一段关于保质期的解读，人和啤酒的相遇，也像人和人的相遇一样。

辩：世界上没有任何一款酒精饮品，能在深度和广度上跟啤酒媲美。啤酒以麦芽为主料,麦芽本身的品种和组合就千变万化,配合不同的酵母,不同的酒花,不同的果汁,不同的香料,等等,再配合千变万化的工艺,可以创造无限可能。精酿运动三四十年来,至今还有不同的风格被创造出来,有不同的原料和组合被人实践和推广。可以说,你能想到的风味在现在的精酿啤酒中都能找到。

再有,你认为啤酒的保质期是多长时间?很多人讲,越新鲜越好喝,非也,我喝到过100年前的啤酒。我多次去美国拜访一家全世界排名第一的酒吧,酒吧老板看到我对啤酒这么痴迷,说,今天我请你喝100年前的啤酒。从1890年代存到现在,连橡木塞都烂了,红酒刀打不开,直接用一根铁棍把啤酒塞捣碎,然后用过滤网把啤酒液体滤出来,我们把它喝了,依然好喝。

所有这些,都刷新了我们对啤酒的认知。我喝啤酒,首先是生理上的原因,慢慢地,精神上也渐渐找到了认同。换句话说,干吗不喜欢茶?茶有酒精吗?没有。

黄:所以有个前提,你喜欢酒精。
辫:对,要喝带有低度酒精的饮品,那就没什么选择了,啤酒是唯一的。

黄:如果几天不喝酒会怎样?
辫:肯定很难受,你甚至可以理解为,这是酒精依赖。

黄：在路上骑车的时候呢？

辫：依然啊，有时候中午骑到一个饭馆就点酒喝了。

黄：你骑滇藏线、新藏线也喝？啤酒已经无所不在了吗？

辫：真的无所不在，当然阿里有时候真没有，但绝大多数时候都有，并且全世界都有，连我从纳米比亚骑车去开普敦的路上都有，你想想吧。

黄：明白了，啤酒是全民性的、世界性的。

辫：出了中国，哪里去找白酒？出了日本，哪里去找清酒？但啤酒就不同了，全球各地都有。

黄：还是跟你的价值观有关，你喜欢有烟火气的东西，啤酒是无国界的，而且象征自由、年轻。

辫：它是唯一的，我一定要强调它是唯一的，反正所有的赞誉用于啤酒都不为过。

黄：你对啤酒那种细微的感受，怎么没有延伸到别的食物上去？感觉你可以不吃饭。

辫：对，可以不吃饭只喝啤酒。

黄：所以你的味觉只对啤酒敞开，别的领域被锁住了。

辫：确实只对啤酒感兴趣。

黄：早年的背包客和爱喝啤酒的人，精神气质是一样的。

辩：对。

黄：啤酒就是街头文化。

辩：是的。

黄：自由自在。

辩：对，就是在街边撸大串儿，踩着箱子就喝，特别亲民，但是你要深挖，它又可以"高高在上"的。

黄：它其实是对某种东西的摒弃。

辩：真正的精酿精神，就是反权威、反传统、自由。所有喝啤酒的人，当他大口喝酒的时候，就是那种不羁的自由，不喜欢正襟危坐的感觉。

黄：你做的所有事情，骑行、"过客"、牛啤堂，包括你今年开始玩的路亚钓鱼，其实是一件事——我要自由。

辩：对，骑车旅行，开"过客"，在啤酒的世界里翻腾，顶层逻辑就一个，爱自由。

黄：你自己做精酿啤酒，但你什么啤酒都喝，装备也是，骑了那么远的路，但用的只是一辆普通价格、普通品牌的车。

辩：对，我用的所有东西都是，衣服是一穿就好几年，有时候穿习惯了，就买两件一模一样的。我不要在这上面花时间考虑，够用就好，完全不在乎。这一点，海雁和我价值观完全一致，怎么舒服怎么来，我们从来不知道什么牌子这一说。

黄：下雨了。

辫：呦，真是啊，听着噼噼啪啪的。

第
十
一
章

一无所求

黄：到今年（2023），牛啤堂十年了。

辩：整十年。当初想完"牛啤堂"这个名字就想 slogan，最开始叫：人无啤不可交。这来自明代文人张岱的"人无癖不可与交，以其无深情也"。我把"癖"改成"啤"，就是，你不喝啤酒就不要跟我玩儿，无趣。当然是开玩笑。去年我把 slogan 改成了"人各有啤"，来自"人各有志"。我经常说，你不喜欢啤酒，是因为你没有更早认识我，我总可以找到一款适合你的啤酒。

有意思的是，护国寺那家店，前面有一栋楼，我们在最靠里边。每天晚上，外面的大门十一点就关了，这意味着，到我们这儿喝酒的客人，要么走的时候从地下室走，要么来的时候摸着来，跟"过客"很像，他必须要走一条没有灯的小胡同。早期牛啤堂的客人都是"过客"的老朋友，所以那段时间也不需要为生意发愁，加上有一些噱头，我们当时拼了一个将近十米长的整体冰柜……

黄：自己拼的？

辩：自己拼的，银海找了做啤酒设备的包工头，真的是用保温板、玻璃门和压缩机拼了一个，冰箱无非也就是这样。后来又从美国进口当时最先进的机器，叫美式三桶，是满足家酿啤酒最顶尖的机器。它是什么结构呢？说实话也挺简单的，就是一个铁架子，上面两个桶，下边一个桶，三个桶都是 50 升的容量，可以完成除了储存以外的所有酿造环节。最刺激的是，如果有精力，可以一直用这三个 50 升的桶尝试各种各样的风格，一天出三五个风格和配方都有可能。

黄：就在店里？

辩：对，就在店里。

黄：所以卖的酒就是从这儿来？

辩：对。这边煮完了，存在那里发酵，发酵完直接上到酒头，这就是最迷你的"前店后厂"模式。你可以理解为，就是家酿啤酒的商业化。原来银海在他租的房子里用锅碗瓢盆酿啤酒，我曾经跟他学过一次，后来发现我根本不适合酿啤酒，我就适合喝啤酒。

黄：不适合的根本原因是什么？

辩：懒。他那个房子是胡同里的平房，屋子旁有道小门，旁边一条过道，过道尽头才是厨房。那是私搭乱建的小过道，地面全是破砖头垒起来的，时间久了就会塌陷。银海的注意力全在他那些瓶瓶罐罐里正在发酵的麦芽汁小宝贝，完全顾不上这些。等你见到银海就会发现，他一个背包都背十几年了，完全不拘小节。麦芽煮沸的时候100度，50升的桶很大、很沉，过道又窄，我要端着这桶热麦芽汁走过通道，地面又磕磕绊绊的。当时体验特别不好，而且中间很多过程如果处理不好，还会有危险。我跟银海说，这辈子，这是第一次跟你学酿啤酒，也是最后一次。后来真的就是他吭哧吭哧在那儿酿，酿完之后我就在那儿喝。

黄：享乐主义者。

辩：由于开了牛啤堂的店，太多国内外啤酒发烧友来了，物以类聚嘛，有一个物理空间，更容易发酵。你想，我们十米长的冰柜里好几百种啤酒，当你坐在这个物理空间的时候，在大家都举杯聊啤酒的氛围里，怎么可能不被感染？

黄：就卖那三个桶生产的啤酒？

辩：不全是，也有那时期的其他小精酿啤酒品牌，如王睿王厂长的精酿品牌，原来叫"丰收"，现在改叫"道酿"了；高岩的南京精工啤酒厂的精酿，现在叫"高大师"……你看现在我们在成都有啤酒厂，但当时就是那三个桶，每天都在酿。我们的理想是，把《世界啤酒族谱》中的每一款风格都酿一遍，目前已经积累了好几百个啤酒配方。你想，银海从芯片专家转型为啤酒酿酒师，他怎么能允许自己有盲区呢？理科学霸有学霸的逻辑，哈哈。

黄：有这么多种啤酒，都不需要进口了。

辩：也不是。你要想喝进口的，大冰柜里有几百种呢。我们翻了些资料，自己设计了这个十米长的整体冰柜，在当时应该算很罕见了。

黄：这个大胆的想法来自你？

辩：穷则思变嘛。

黄：银海给你实现了。

辩：对，我好多想法都是银海实现的。

黄：你是大胆设想，他是小心求证。

辩：对，银海特别有意思，他的学霸思维，加上个人性格使然，他从来不会正面回应我那些胡思乱想。我永远都是：为什么不酿这个？银海就说，哎呀，这个东西不是那么容易的。结果，几天之后，他酿出来了。最近一个事件是，我追了他好几年，我说为什么不酿一款无醇的酸味啤酒？我去世界各地旅行喝到过，虽然这个风格很小众，但无醇啤酒是一个方向。

不谦虚地说，在中国这场精酿啤酒革命中，牛啤堂确实占有一席之地，甚至一直在聚光灯下。这不仅仅是因为我们获得了100多块奖牌，重量级的金奖已经有50多块，更重要的是，我和银海本身就是啤酒极客，我们对啤酒有纯粹的追求，就是它好不好喝。好就是好，不好就是不好。它跟另一套商业逻辑完全不同，比如有人就想投资赚钱，但他可能对啤酒根本没有自己的判断。

银海是牛啤堂最重要的基石，他一方面具有国际视野，在芯片设计公司的时候，他已经在全世界各地旅行了；另一方面他英文非常之好，他是看专业文献的，我们很多技术性的东西，他都会去世界各地的网站上深究，并且一定追溯到源头。

黄：银海技术顶尖，你的想象力也是。

辨：现在牛啤堂的啤酒中，有一个比较烈性的啤酒系列。我会出一套全球 14 座 8000 米雪山的啤酒，一共 14 款。第一款是世界第二高峰乔戈里峰，K2。我做设计的时候就想好了，一定要用热敏技术来完成，这个技术非常奇特，比如雪山是白色的，那好，我把它放在冰箱里，它是白色的。过了一晚，第二天一早拿出来，白色的雪山变成金色了，就像清晨的日照金山。但是当你从冰箱里拿出来久了，变成常温，它又变成白色。就像清晨过后，晨曦散去，雪山又回到白色。

黄：是很酷，也和你在路上的生活重叠了。

辨：所以你看，在啤酒这个领域，有无数可以尝试的东西。我跟银海第一次 PK 的时候，我选了一款黑 IPA 对吧？直到现在，我们从未间断地酿造着一款黑 IPA 的酒，叫李鬼，是我们所有配方中最苦的一款。银海还没有跟我合作的时候，他用这款酒去参加北京一个老外办的家酿啤酒比赛，这款获得了冠军。

黄：当时名字有了吗？

辨：好像没有，就叫Black IPA，名字都是我起的。

黄：他不会这套营销系统。

辨：对对对，他不会营销。在那场比赛中，银海只酿了三款啤酒，分别排名第一、第二、第三，你就知道他多有天赋了。

2012 年 12 月，我办了第一届"北京家酿啤酒节"。那个老外办的啤酒节，不仅是家酿，也有商酿，所以中国第一个真正的家酿啤酒节是我办的，在"过客"。跟银海认识后，我有一种强烈的感觉，啤酒酿得好的这些人，未来会很快商业化。我相信可能下一年中国人自己的啤酒品牌就出来了，而且应该出自这些家酿啤酒爱好者。其实12月不合适办啤酒节，但我比较着急，今年这页翻过去，这些家酿啤酒爱好者都会商业化了，它会进入另一个阶段。真正家酿啤酒的时候是最乌托邦的，大家很纯粹。

黄：有点远飞鸟的气质。

辩：是的。

黄：我不喝酒，但感觉精酿啤酒越来越流行了，走到哪里都是，星星之火，已成燎原之势。

辩：说实话，我对中国精酿啤酒的未来持悲观态度。

黄：怕鱼龙混杂吗？

辩：不是怕，肯定会。

黄：鱼龙混杂，你不就可以脱颖而出吗？就像"过客"在南锣鼓巷一样。

辩：对，所以南锣鼓巷的发展曲线跟精酿啤酒其实没什么区别。我对整体大势抱悲观态度，但对自己抱着乐观的态度，我只需要完成人生这一段在这件事情上的释放就够了，不能说我知道它的结局，就放弃了、崩溃了，不可以。

黄：我们的结局都是死亡。

辩：对啊，我们的结局都是死亡，那你不过好每一天吗？依然每天早晨一起来就很乐观，看到阳光了，见到好朋友了，今天又多喝了几杯酒……精酿啤酒在中国，甚至在全世界的归宿都是一样的，就是复兴，一轮一轮复兴，周而复始，生生不息。我观察到它这个规律，只不过恰巧是，我们赶上了复兴的起点。

黄：万事万物不是都这样子嘛。

辩：是啊，我们又不是哲学家，只能关注身边那些正在做的事情，你可以做形而上的总结，但如果不去做一件具体的事，其实挺难支撑的。形而上的东西，早有人说过了，该走的路还是要走，人家总结得再好也是人家的，自己不双脚走过，就永远不是你的。

黄：牛啤堂十周年，你和海雁也年过半百，借这几天聊天，正好回望一下过去。

辩：今年很忙，因为十周年，我们会有一系列活动。不过说实话，我并没有特别的策划，因为小伙伴们很给力，他们想的谐音梗已经延续了我的传统，并超越了。设计也更具活力。今年的一个主题就叫"随十发生"，会有很多跨界合作，很多联名款啤酒，会复刻一些我们的经典啤酒，也会创造很多新款。

我们的小伙伴已经非常厉害了，阿霞、彭统还有你见过的Case，都很棒。我和银海当时去美国的纳什维尔参加世界啤酒展会，在芝加哥转机，顺道面试了Case，都觉得满意。他从芝加哥大学毕业后就跑到我们酒厂来了，现在是我们的中流砥柱之一，执行力超强，我的工作都是他赶着我做。我的想法很多，但执行力很弱，海雁的身体也不像原来那么好，有新鲜血液进来，把原先那种节奏打破。

黄：未来有什么设想吗？

辩：真的未曾想过，按我以往的性格，其实是走一步看一步，每一步不违心就够了。

黄：完美的前半生，不用力就走到了现在。

辩：我妈讲，你跟你姐是截然相反的人。她观察过，给我们每人一个咸鸭蛋，我永远是先把蛋清吃完再吃蛋黄。

黄：什么意思？你更爱吃哪一个？

辩：蛋黄。就是把最好吃的东西留在最后，我姐姐是直接上来先把最好的吃了。

黄：你不是及时行乐的吗？

辩：对，我现在就不会这样了。如果再给我一个咸鸭蛋，我可能掰开后，蛋清蛋黄两个一起吃。一起吃的意思是，有意识打破原来的规则。

黄：我们两个，此前并不认识，此后也不会有更多工作、生活上的交集，但这几天，你把前半生坦然交付。很多人，一辈子都活在年轻时的荣光里，始终没有走出那个时期，生命没有继续流动起来，你真是非常好，不躺在过去的功劳簿上，就是一直往前走，不问前途，不问归处。

辩：我也从来没期望得到什么。这次成都之行，好多都是回顾，但其实，反倒是我后面阶段的加油站。至于这本书做不做，都无所谓，我已经在过程中获得了快乐。

注释

i   据百度百科，"狼人杀"的原型是 20 世纪 80 年代末，莫斯科大学心理学系的迪米特里·达维多夫发明的一种警察与杀手互猜身份的游戏。小辫儿的说法也许并不确切，或者他们当时以为是用这个游戏改编了一个新的版本。

ii   在银海的《牛啤经：精酿啤酒终极宝典》（中原农民出版社，2016 年 3 月第 1 版）一书里，他是这么解释的：

> 啤酒花的英文名叫 hops，又名蛇麻，是大麻最近的一种近亲，不过它并不含有大麻中的兴奋剂，纯天然绿色无公害。它在啤酒中能起到几个至关重要的作用：首先，它能带来一种苦味，在很多种风格的啤酒中，你需要一些苦味来平衡麦芽的甜味，让啤酒更入口，更有酒体，在不同的谱度上延伸，也能有更多的层次和可能性。其次，除了苦味，啤酒花本身还有不同的味道，还能带来各种香味。这是世界上最美妙的一种花香，很多喜欢自酿啤酒的人都说，自酿时最大的乐趣之一，就是打开一包新鲜的啤酒花，深深地闻上几下。只喝过工业啤酒的人应该从来没有闻到过这种味道，因为工业啤酒味道要求不太苦，而且上好啤酒花的成本可是很多大厂都不愿承担的。最后，啤

酒花还具有天然防腐剂的功能，它能很好地抑制某些种群的细菌生长，有效地延长啤酒的保质期。这在过去的啤酒酿造中有很重要的作用，也是它被发现后就迅速流行起来的原因之一。当然，在现代酿造中已经没有人靠啤酒花来保鲜了。

iii 《喝自己酿的啤酒》，高岩著，中原出版传媒集团、中国农民出版社，2011年5月第1版。在全书第一篇"真正的啤酒"第1小节"净身洗脑"中，高岩开宗明义道：

> 我知道你喜欢啤酒，但是我不知道你喜欢啤酒的程度是不是足以让你疯狂到开始自己酿制啤酒。你要酿制的啤酒，绝对不是马路上卖的那种淡得透明得像水一样的啤酒。那种啤酒不值得你花功夫去酿造。我们在这介绍的家庭自酿啤酒，都是精工啤酒，也就是那种口味醇厚、唇齿留香、富有文化特色的啤酒……
>
> 1992年前后，我在美国第一次喝到了精工啤酒，我简直没有想到啤酒可以做成这种味道。喝的第一口就让我感到口腔里召开了盛大的狂欢会，许多自己都不知道其存在的味蕾全部活动了起来：在冰凉的舌尖我感到了丝丝甘甜，两腮瞬间充满了一种说不出来的饱满香味；再往下走，感到有气泡在上腭处爆裂，两腮侧面的苦涩让我精神为之振奋；下咽后唇齿留香，回味悠长……
>
> 每次品尝到一款好的啤酒，就好像一次与大师的直接对话。

我可以揣摩到他独到的匠心，他的理念，甚至他的人格……任何人在世界的任何角落都可以酿制出自己风格的啤酒。它能让你在世界各个角落里发现自己的朋友，并很快地与人拉近距离。相信我，如果某一天你坐在爱尔兰或者美国的啤酒屋里，向人说你是来自中国的自酿啤酒爱好者，十分钟内会有几个人过来请你喝啤酒。

iiii 银海在《牛啤经：精酿啤酒终极宝典》的"自序"里是这么追忆的：

我是个酒鬼，常见的说法就是自幼酗酒。小时候，因为父亲……每当有一些"上档次"的饭局的时候，他就会带上我去吃点好的。……酒局，你们都懂的，各种干杯，各种喝趴下。耳濡目染，我从小就对"酗酒"这项运动产生了极大的兴趣。

上学以后，从中学到大学，从大学到研究生，酒量一直见长，酒也越喝越多，也得亏爹妈生得智商还行，考试还一路顺利。上学时还痴迷足球，到后来从下午踢球到晚上，从晚上喝到天亮，成了常态。

酗酒生涯在我工作以后发展到了极致。那时喝酒，以啤酒为主，配以各种劣质烈酒、调酒，因为喝酒只是为了酒精，为了派对，为了嗨……

真正给我的酒精观带来改变的，还是在国外的经历。

因为工作的关系，我几乎每年都需要去爱尔兰，少则数周，多则数月。爱尔兰是个典型的发达小国，整个国家就是个大公园。我最喜欢的是那里的人酷爱运动，而且酷爱酗酒，酗啤酒，和我的爱好完美契合，我不得不感慨我人品也好，并迅速喜欢上了那里，开始了对它的探究。

所谓的探究就是泡吧。在那里，有人的地方就有酒吧，所有人有事没事都会去喝两杯，我也一样，工作之余就待在酒吧里。但我慢慢地发现那里有一些酒吧，会不太一样：除了所有人都知道的那些啤酒外，它们还会卖一些我从没听说过的啤酒。但我当时从没想过别的：喝啤酒嘛，当然是喝百威、喜力、嘉士伯这样的大品牌，这么先进、国际、大型的公司，啤酒当然是最好的！

我至今都记得，直到有一天，我坐在吧台，喝着我的喜力，看旁边一个老头儿点了一瓶啤酒，这酒竟然是倒进类似红酒杯的杯子里的。更奇怪的是，这老头儿举着酒杯，竟然对着灯光看，看完了对着酒嗅，颇为享受的样子，然后心满意足地慢慢喝起来。当时我有点傻掉了：他点的不是啤酒吗？啤酒品什么品？！

作为一个有强大工程师背景的酒鬼，怎么能不去探究这背后到底是什么原因？我开始大量地学习，做功课，认识当地的啤酒爱好者，参加当地的啤酒聚会，这才发现，原来啤酒的世界是如此广博和多彩，原来自己喝了这么多的啤酒，差不多是白喝了！

小辫儿，本名金鑫，1972 年出生于辽宁鞍山，现居北京。

1998—2006 年，先后骑行七条进出藏路线。

1999 年，在北京创办"过客"酒吧 Pass By Bar，是南锣鼓巷第一家酒吧。

王家卫电影导演剪辑版《东邪西毒》戛纳电影节、柏林电影节海报以及电影片头设计师。

2012—2013 年，同搭档银海一起，将国外的"craft beer"统一翻译为中文的"精酿啤酒"，并创办"牛啤堂 NBeer Craft Brewing"。

《世界啤酒族谱》《世界特拉普修道院啤酒族谱》作者。"世界啤酒瓶博物馆"创始人。"扯啤"播客创始人。中国特殊啤好者啤酒节 China Beer Geek's Festival 发起人。《随辫儿喝》纪录片出品人。

2023 年，开始全国皮卡房车—路亚钓鱼之旅……

附录 1

小羚儿进出藏骑行路线

1998 年，青藏线，兰州—拉萨

2001 年，川藏南线，成都—318 国道—拉萨

2003 年，尼泊尔线，拉萨—加德满都

2004 年，新藏线，叶城—拉萨

2005 年，青藏线·唐蕃古道，西宁—玉树—拉萨

2006 年，川藏北线—滇藏线，成都—317 国道—昌都—大理

牛啤堂（NBeer Craft Brewing co.）获奖经历

2017 年

帝都海盐在比利时布鲁塞尔国际啤酒挑战赛（Brussels Beer Challenge）中，获酸啤类金牌。

2018 年

牛璧小麦在澳大利亚国际啤酒大赛（Australian International Beer Awards）中，获增味小麦组金牌。

菩提在日本国际啤酒杯（International Beer Cup）赛中，获果木及木桶陈酿酸啤组金牌。

古格之花香槟在比利时布鲁塞尔国际啤酒挑战赛中，获特色啤酒组金牌。

茉莉花茶海盐在比利时布鲁塞尔国际啤酒挑战赛中，获增味啤酒组发现中国特别奖。

2019 年

芒果群海盐酸啤在美国的纽约国际啤酒大赛（New York

International Beer Competition）中，获水果小麦组金牌。

牛啤堂在纽约国际啤酒大赛中，获中国年度酒厂称号。

布雷特牛棚在澳大利亚国际啤酒大赛中，获特色风味组金牌。

牛比克在英国的国际酿造大赛（The International Brewing Awards）中，获野菌艾尔组金牌。

布达拉藏红艾尔在英国的世界啤酒大赛（World Beer Awards）中，获红艾组中国最佳。

李鬼在世界啤酒大赛中，获黑色IPA组中国最佳。

牛壁小麦在世界啤酒大赛中，获美式小麦组中国最佳。

凛东将至博克小麦在世界啤酒大赛中，获烈性小麦组中国最佳、世界最佳小麦。

西毒在世界啤酒大赛中，获特色IPA组中国最佳。

帝都海盐在世界啤酒大赛中，获中国最佳。

玫飞色舞在世界啤酒大赛中，获琥珀艾尔组中国最佳。

帝都海盐在日本国际啤酒杯赛中，获混合发酵组金牌、古斯组金牌。

牛比克在日本国际啤酒杯赛中，获水果桶陈酿啤组金牌、陈酿大组金牌。

牛壁小麦在比利时布鲁塞尔国际啤酒挑战赛中，获酒花小麦组金牌。

牛比克在比利时布鲁塞尔国际啤酒挑战赛中，获水果啤酒组卓越奖。

布达拉藏红艾尔在比利时布鲁塞尔国际啤酒挑战赛中，获美式红色艾尔组发现中国特别奖。

番茄海盐酸啤在比利时布鲁塞尔国际啤酒挑战赛中，获果蔬增味组卓越奖。

2020 年

牛比克雷司令酸啤在世界啤酒大赛中，获特种啤酒组世界最佳特种啤酒奖、特种啤酒组世界最佳实验特种啤酒奖。

帝都海盐在世界啤酒大赛中，获古斯酸啤组世界最佳古斯酸啤奖。

奇奥格里草莓马卡龙帝国世涛在世界啤酒大赛中，获增味世涛/波特组国家冠军。

非黑记白世涛在世界啤酒大赛中，获巧克力咖啡增味组国家冠军。

帝都海盐在世界啤酒大赛中，获古斯酸啤组国家冠军。

爱又畏双料在世界啤酒大赛中，获帝国/双料IPA组国家冠军。

牛比克雷司令酸啤在世界啤酒大赛中，获特种啤酒组国家冠军。

2021 年

帝都海盐在德国的迈宁格国际精酿啤酒大赛（Meininger's International Craft Beer Awards）中，获古斯组金奖。

芒果海盐在迈宁格国际精酿啤酒大赛中，获古斯组金奖。

牛比克布雷特帝都海盐酸啤在迈宁格国际精酿啤酒大赛中，获兰比克组铂金奖。

牛比克红酒桶陈酿桑葚蔓越莓酸啤在迈宁格国际精酿啤酒大赛中，获其他比利时风味组金奖。

牛啤堂在澳大利亚国际啤酒大赛中，获中型国际酒厂冠军组冠军奖。

布达拉藏红艾尔在世界啤酒大赛中，获琥珀艾尔组国家冠军奖。

牛比克桶陈布雷特帝都海盐酸啤在日本国际啤酒杯赛中，获桶陈酸啤组金奖。

帝都海盐古斯酸啤在德国的欧洲之星（European Beer Star）赛中，获酸味与果味酸啤组金奖。

古格之花香槟在比利时布鲁塞尔国际啤酒挑战赛中，获香槟啤酒组金奖。

牛璧小麦在比利时布鲁塞尔国际啤酒挑战赛中，获酒花小麦组金奖。

牛比克布雷特帝都海盐酸啤在迈宁格国际精酿啤酒大赛中，获世界年度精酿称号。

2022 年

牛比克布雷特帝都海盐酸啤在欧洲之星赛中，获木桶陈酿酸啤金奖。

蜜桃桂花海盐酸啤在日本国际啤酒杯赛中，获果味小麦组金奖。

凛冬将至博克小麦在日本国际啤酒杯赛中，获德式小麦艾尔组金奖。

凛冬将至博克小麦在比利时布鲁塞尔国际啤酒挑战赛中，获博客小麦组金奖。

凛冬将至博克小麦在澳大利亚国际啤酒大赛中，获博克小麦金奖、大类冠军奖最佳小麦啤酒奖、国际啤酒总冠军。

凛冬将至博克小麦在世界啤酒大赛中，获烈性小麦组金奖、烈性小麦组国家冠军、世界最佳烈性小麦。

无醇海盐古斯酸啤在世界啤酒大赛中，获无醇酸啤组金奖、无醇酸啤组国家冠军、世界最佳无醇酸啤。

2023 年

双倍IPA在世界啤酒大赛中，获双倍IPA组国家冠军。

绿茶荔枝果味啤酒在日本国际啤酒杯赛中，获水果啤酒金奖、水果增味大类冠军。

无醇海盐古斯酸啤在日本国际啤酒杯赛中，获无醇啤酒金奖。

帝都海盐在日本国际啤酒杯赛中，获当代古斯金奖。

帝都海盐在比利时布鲁塞尔国际啤酒挑战赛中，获古斯组金奖、赛事最佳中国啤酒奖。

随十干杯一割零分米酒混酿艾尔在比利时布鲁塞尔国际啤酒挑战赛中，获清酒酵母组金奖。

2024 年

无醇海盐古斯酸啤在澳大利亚国际啤酒大赛中，获无醇啤酒组金奖。

注：截至 2024 年 12 月，牛啤堂共获得全世界 179 座金、银、铜不同等级的国际奖杯，此处仅选取金奖及最佳奖作为代表。

后记

    2003 年，我独自从拉萨出发，一路向西骑行，翻越喜玛拉雅山脉到尼泊尔加德满都。过国境的前一天晚上，我睡在拉龙拉和亚汝雄拉两个山口间一个羊圈里小木屋的牧草垛上。清晨，我正收拾行李，一位牧民来挑羊去卖，他抽着烟，凑过来，好奇地看着我的一举一动。我顺手拿起相机低角度向上抓拍了一张照片。22 年后，这个来自遥远雪域高原的经典凝视，成了本书的封面。

    后来，我无数次有一个冲动的想法。回到那个小羊圈，找到他，把照片给他。很多次我都梦到那个铺满羊粪的小院子，梦里，后面就是连绵不断、皑皑白雪的喜玛拉雅山……

    这位牧民，便是我想感谢的人之一。其实，在这个后记里，我写了很多，但又都删了。读书少，不善言辞。无论如何，五日对谈集结成册，有个人这么活了，翻山越岭、与众不同。此刻日落，海风凉意突袭，端起酒杯一饮而尽，忽然意识到，这本书里太多回忆，是无数人用掌心温度帮我捂热的。熟悉的，亲人朋友，陌生的，战士、司机、僧侣、牧民、饭馆老板、道班工人、伸出援手的路人、擦肩而过的过客……无法穷尽。谢谢你们所有的人！

小辫儿

2025 年 6 月 16 日

图书在版编目（CIP）数据

尽兴 / 小辫儿，黄菊著 . -- 广州：广东人民出版
社 , 2025. 7. -- ISBN 978-7-218-18561-3

Ⅰ . I25

中国国家版本馆 CIP 数据核字第 202558YM39 号

JINXING

尽兴

小辫儿　黄菊　著　　　　　　　　　🔖 版权所有　翻印必究

出 版 人：肖风华

责任编辑：廖智聪　吴嫦霞
封面设计：小辫儿
装帧设计：刘弋捷
书名题写：安天佐
责任技编：吴彦斌　赖远军

出版发行：广东人民出版社
地　　址：广州市越秀区大沙头四马路 10 号（邮政编码：510199）
电　　话：（020）85716809（总编室）
传　　真：（020）83289585
网　　址：https://www.gdpph.com
印　　刷：北京美图印务有限公司
开　　本：889mm×1194mm　1/32
印　　张：9.625　字　数：198 千
版　　次：2025 年 7 月第 1 版
印　　次：2025 年 7 月第 1 次印刷
定　　价：69.80 元

如发现印装质量问题，影响阅读，请与出版社（020-85716849）联系调换。
售书热线：020-87716172